最美的风景在路上

亚洲篇

于丽黎 杨泉福 / 编著

图书在版编目（CIP）数据

最美的风景在路上．亚洲篇／于丽黎，杨泉福编著．—北京：北京师范大学出版社，2014.11

ISBN 978-7-303-17586-4

Ⅰ．①最…　Ⅱ．①于…　②杨…　Ⅲ．①游记—作品集—中国—当代　Ⅳ．①I 267.4

中国版本图书馆 CIP 数据核字（2014）第 125321 号

营 销 中 心 电 话　010-58805072　58807651
京师心悦读新浪微博　http://weibo.com/bjsfpub

出版发行：北京师范大学出版社 www.bnup.com
北京新街口外大街 19 号
邮政编码：100875
印　　刷：北京强华印刷厂
经　　销：全国新华书店
开　　本：170 mm × 240 mm
印　　张：14.5
字　　数：226 千字
版　　次：2014 年 11 月第 1 版
印　　次：2014 年 11 月第 1 次印刷
定　　价：48.00 元

策划编辑：谢雯萍　　责任编辑：周　鹏
美术编辑：袁　麟　　装帧设计：红杉林文化
责任校对：李　菡　　责任印制：陈　涛
营销编辑：张雅哲　　zhangyz@bnupg.com

序言

最美的风景到底在哪里

序言标题如此设问，似乎让人觉得有点荒唐。书名不是已经明白无误地点透了吗？最美的风景在路上。

的确，最美的风景真的在路上。要不，你无法理解，为什么发达国家的人们，将旅游出行、观赏各国各地的风土人情、名胜古迹，列为自己日常生活中的即使不为首要目标，至少也为重要目标。这些热爱旅游的人大概觉得，窝在家里，得闲时只能是一身慵懒的疲惫；出得门去，便是满眼的新奇和惊喜。所以在他们那儿，一个人，一家人，一拨人，如果假期闷在小窝里而不出去旅游，那真是不可思议之事。中国人认为：休息是为了更好地工作。西方人却认为：工作是为了更好地休息。两者的工作观和生活观如此地迥然有别，两者工作的终极目标是如此地截然相左。德国总人口才8000多万，每年出国旅游竟达9000多万人次。而中国改革开放之前及之初，不甚了解出国旅游为何物，但2013年中国人出国旅游已逼近上亿人次。出国旅游的人，大多为“四有”之人——有愿望，有钱币，有时间，有体能。“四有”缺一不可，但“有愿望”这一条为“四有”之首，因为只要有了强烈的愿望，你就会铆着劲儿地创造、准备和使用好踏上旅途的其他条件。钱其实不是最主要的条件。一对新婚小夫妻，仅凭4万元，用一辆普通的摩托车，游遍了横跨欧亚大陆的15个国家；两位退休不久的花甲老人，凭仅有的一点退休金，而且完全不懂外语，竟然并不跟团，老两口自行转遍了五大洲40多个国家；还有两位仅靠打工、手头实在拮据的中国留学生，利用假日结伴而行，游历了欧洲的大部分国家。也许有人会说，当代电视业、网络业如此发达，电视中、网络上可以遍赏世界各地风貌，何必偏要浪迹四海自找苦吃呢？

其实你不了解，画面所视与实地所见，其感受恰如只用视频交流而不曾亲身晤面的恋人那般遗憾深深。第一次走进梵蒂冈的圣彼得大教堂内举目仰望，你会惊艳得半晌无语；第一次亲见罗马的“万神殿”教堂，你会惊奇得不知该如何表达；第一次目睹德国的科隆大教堂，你会为这座耗时600多年才建造成的宏伟大教堂惊讶不已；第一次脚踏埃及胡夫大金字塔的块块巨石，你会觉得不在人间；第一次踏上澳大利亚大堡礁的美丽小岛，你会惊叹地球上怎会有如此仙境……还有希腊爱琴海的圣托里尼岛，印度的泰姬陵，美国的科罗拉多大峡谷，马来西亚的云顶山，意大利的威尼斯水城，俄罗斯圣彼得堡童话般的多彩教堂，爱沙尼亚塔林古城，土耳其伊斯坦布尔整个城池……所到之处，所见之景，常给你震撼。那种惊喜，会让你连连后悔：为什么我没早些来到这里？你还会暗自打算：我还要去更多的地方，谁知道地球上还有多少让人顿觉“哪怕只去一次，一生便无他憾”的地方呢！

但是，最美的风景又不仅仅在路上。能到实地直观风物，是一种极为舒心的视觉盛宴；但若由景及史，你会觉得你的旅游将丰厚和丰盈得超出你的想象。所有的旅游景点，除了个别的由大自然恩赐之外，绝大多数景点都是由各种各样的历史人物、历史事件、历史故事等渐渐沉淀下来固化而成的。如果你想让你的旅游收获更多一些，旅游质量更高一些，旅游品位更雅一些，那么最好在动身前做点文化准备，就计划前往之地浏览一下它的历史和文化。换句话说，就旅游之便，知景点之史，或者叫“踩着景点学历史”——我们以往不曾有此体验，直到这次游历五洲多国景点，回来后再回溯景点历史之源后，才深切地感悟出：原来景点的历史天空里，有着如此风情！

什么叫踩着景点学历史？旅途中的历史浏览和历史阅读，其实并没有那么玄奥，因为普通人并非专业研读历史者，没有必要也不可能穷究旅游目的国和旅游景点的全部历史行踪。旅游者只需适度适量地将与景点、景物直接相关联的那些令人最关心、最欲知晓、最感兴趣的历史人物、历史事件和历史典故引发出来，链接起来，让人们在即将前往、实地游览和游后回溯中，一点一滴地感受和体味相关景点里那依稀可见的历史典故的踪影，那如歌如泣的历史人物的倾诉声。你会无意中渐渐地体验到旅游之途的厚重感、韵味感和诗意感。于是，你的每一趟旅游，便不知不觉地变成了三度游甚至四度游——实地之游、历史之游、文化之游、精神之游。

无限风光的追寻中，你会获得无穷的意趣。比如，站在圣彼得堡叶卡捷琳娜二世的雕像前，你会好奇一个出生于德国的异国女性，缘何成为俄罗斯历史上最伟大的女王？出生于意大利的地理大发现的先驱者哥伦布，发现新大陆的最有力的推动者为何是西班牙的王后伊莎贝拉？印度泰姬陵里隐藏着怎样凄婉的爱情故事？美国历届总统的夫人中，哪些“第一夫人”独具特色和魅力，以及她们对总统、对白宫、对美国，做出了怎样的贡献？英国的莎士比亚在他令人目眩的戏剧创作之外，有着怎样的个人感情生活？希腊爱琴海的种种传说中，哪些传说最为撩人？欧洲各个国家为什么那样热衷于持续不断地建造那么多各具风格的教堂？置身于土耳其的伊斯坦布尔，你会体味出拿破仑为什么会对这座城市给予如此超群绝伦的评价？他说过：假如全世界为一个国家，需要选择一个首都的话，那么它就是伊斯坦布尔……当你检视若干名胜景点，又透视景点中的历史天空后，你不觉得这是一种美轮美奂的历史浏览，极真极致的文化熏陶，至深至纯的精神愉悦吗？你不觉得这种既横向读景点又纵向读历史的书中游，极大地丰富了你的旅游内涵，优化了你的旅游品质，提升了你的旅游品位吗？

如此看来，景点上的“横向游”，再加上由景及史的“纵向游”，真是妙不可言！著名历史学家钱穆说过：我们这一时代，是极需要历史知识的时代，而又不幸是极缺乏历史知识的时代。当然，我们常人不可能也不必要成为钱穆先生所言及的那种历史学者或史学专家，但多一些历史知识于旅游终归是一件好事，何况踩着景点学历史，乃是“搂草打兔子”，简便又快乐，愉悦又丰收，何乐而不为？

倘若你因诸事过于繁忙，因上路过于仓促，或因别种原因而耽于体会，未能来得及对所往目的地的相关景点的历史做一些文化准备，那么也并不要紧。一路上最美的风景饱过眼福之后，你再趁着浏览景点之后的余兴，就着孩童般的好奇心和探究欲，去追寻这些景点的历史足迹，这种“追寻”中所搜寻到的历史美景会令你拍案称奇。这套丛书中的部分篇章，比如，游览美国、加拿大回国后，我们所写的旅游散记《洗出此山万丈青》，游览希腊、土耳其归来后写出的《古今苍茫接翠微》，发表在报纸上后，被几位曾经去过那些景点的几家大报的老总们阅读之后大叫“过瘾”，他们自我调侃：“说是我们去了美国，其实我们只是在‘镜框’里瞧了瞧美国的身影，你们的这些文字才让我们真正看到了美国的灵魂……”他们看完上一篇后，急切地等待着下一篇。他们说，看着你们就着美国景点说美国历史的散记，为我们节省了太多的时间。夜晚入睡前，选上一处我们曾经到达过却没有“消化过”的景点片段，细细阅读，慢慢品尝这些景点的历史风云，那才叫美的享受呢！

饱览各种最美风景的于丽黎，过去在校读书时，对历史课程常常是消极应付，至于兴趣更无从谈起，但在“横向”游风景加“纵向”游历史之后，她对历史的兴趣油然而生，现在几乎到了深恋、痴迷的程度。这般变化，不知是旅游之获还是心态之变，或是规律使然？

感谢各种版本、各种风格的历史著述，感谢发达便捷、似有温度的电子网络，感谢一切提供相关著作、相关文字的人员，倘若没有这些前提条件，《最美的风景在路上》这套丛书便无从形成。在这些文字搜集及文字写作的浩繁艰巨的劳动中，付出最多的当数于丽黎女士。多年前她在部队支援地方抗震救灾中为救人负伤，但在带着伤病的一次次旅游途中，她总是随身带着一个甚至多个小本本，一路走一路听一路看一路记，还拍摄了许多像模像样甚至逼近专业水准的照片。遇有必须弄清楚或兴味盎然的事物，她会向导游或相关人士问个不停，本来是休闲出门旅游，她反而更加紧张忙碌，以至于游伴中有人开玩笑说，于丽黎是带着采风任务来旅游的。每次旅游归来的资料归拢、文字整理及文章写作，全系她一人所为，我不过做了些文章审读、文字润色、标题的制作与推敲之类的辅助性、配合性工作。所以，两者之间的劳动投入是不均衡、不对等的，但这并不妨碍《最美的风景在路上》这套丛书的欢快问世。

还要特别感谢央视著名节目主持人、著名电影演员倪萍女士；特别感谢中国文联副主席、中国曲艺家协会名誉主席、著名曲艺艺术表演家刘兰芳女士；特别感谢蜚声海内外的著名作家、宁夏影视拍摄基地董事长张贤亮先生；特别感谢解放军艺术学院教授、著名影视评论家、中国文艺评论家协会理事边国立先生。感谢他们热忱推介《最美的风景在路上》这套丛书，他们寥寥不多的优美文字，本身就是一道道闪亮夺目的风景线。

边国立教授是于丽黎女士的先生，他和我的夫人吴恒霞女士对我们合作著述非常支持，没有两位提供的写作环境和写作条件，没有两位的理解和配合，此套丛书也难以问世。

还要感谢《本溪晚报》总编辑、著名诗人孙承先生多次相伴出行及游记写作中的交流、沟通与指导；感谢湖北省石首市群众艺术馆吴恒健先生的精心校阅；感谢旅行社的郭梦和魏小西，尽管郭梦已升任部门经理，魏小西已远渡美国定居芝加哥，但正是在他们热心的帮助下，我们才得以顺利完成前后近40个国家的旅游行程和游后著述。

特别要感谢的，还有既热心又有人脉又有人缘的中国名家收藏委员会主席、收藏界杂志社社长、路遥文学奖总发起人高玉涛先生，是他把我们这套丛书与相关名人联系在一起，使这套本来平常的丛书，平添了许多不平凡的元素。

感谢北京师范大学出版社和为本书出版付出辛劳的工作团队的每一位成员，正是他们的精心劳动，使这套丛书大为增色。

《最美的风景在路上》这套丛书的出版，如果对人们尤其对游人有所裨益，我们将不胜荣幸。

杨泉福

2014年1月4日于北京亚运村嘉铭桐城

目录

亚洲篇导语

雄奇亚洲

亚洲，世界第一大洲，总面积4400万平方千米的辽阔大地，约占全球陆地面积的29.4%。亚洲太多的“世界第一”，让亚洲尽显雄风，使我们每每观瞻亚洲风物之际，那种无比博大、无比浩瀚的雄奇之感，常常充盈于胸间。

雄视世界巅峰，最高、最险之峰全在亚洲。站在尼泊尔加德满都东侧的那嘎库特观景台上一眼望去，喜马拉雅山脉包括珠穆朗玛峰在内的8座海拔8000米以上的山峰尽收眼底。欲观赏八大奇峰，这里是最好的观赏地；欲攀缘八大高峰，这里是最好的出发地。迄今为止，来自世界各地的600多名登山勇者，已长眠于八大雪峰之中，而且现在仍有更多的挑战者，对这些世间巅峰攀缘不止。

雄踞世界宗教源头，流传最广的三大宗教全都起源于亚洲。佛教、伊斯兰教和基督教，都从亚洲起源而传至世界各地。宗教是一种信仰，信仰是一种文化，文化是一种力量，力量是一种生活，生活是一种状态。无论是到泰国、印度、马来西亚和印度尼西亚，还是到阿拉伯地区诸国，抑或到俄罗斯的亚洲地带，你都可以看到宗教信仰下的万般色彩、万种生活。这些神奇的风景会让你沉醉其中，流连忘返。每到不同宗教浸润之地，你会有诸多无以言传、无以表达的感受。

雄风穿越时空，亚洲的建筑风格傲然独立。中国的故宫、万里长城、西安古城及香格里拉等自不必言，泰国的皇宫、印度的泰姬陵、柬埔寨的吴哥古窟、日本的京都幕府，以及阿拉伯世界那些各具特色的清真寺……处处皆显亚洲本色，尤其中国晋北的应县木塔、日本京都的清水寺、泰国大王宫主殿节基殿、尼泊尔的黑天神庙，这些建筑数层楼高，却无一铁一钉，简直是鬼斧神工。

雄峙苍茫大地，亚洲景色美轮美奂。亚洲既有世界上最高的珠穆朗玛峰，又有世界最低的洼地死海；既有世界上降雨量最大的印度阿萨姆邦，又有终年几近无雨的阿拉伯大漠和中国戈壁荒原；既有阿联酋高耸入云的迪拜塔，又有印度尼西亚轻抚肌肤的巴厘岛，还有海风拂面的马尔代夫……到哪里都见阳刚，到哪里都有妩媚；到哪里都见刚柔并济，到哪里都有阴阳互融。这般阳刚与阴柔皆具的圣境，是不是亚洲独有?

雄视人类文明历史，最多古文明国度恰恰汇聚在亚洲。世界上为数不多的几个文明古国中，亚洲就高比例地占据了三席：中华古文明、印度古文明及巴比伦古文明。在别种文明或间断或湮灭之际，尤以悠悠五千载的中华文明赓续不绝、光大至今，为世界文明做出了巨大贡献。亚洲三大文明古国，引发世界无数考古者、探索者、旅游者的无限兴致。亚洲三大文明古国所遗存和显现出来的巨大文化气场及物化载体，都让所见之人回味无穷。

准备好时间，准备好行囊，准备好功课，准备好心情，上路吧！前往亚洲一切值得一去的地方，你一定会为亚洲雄风而骄傲，一定会为亚洲风光而痴迷！

Chapter 1

扶桑犹在渺茫中

——日本散记

★ 且效慈乌反哺心——初涉日本

陪妈妈去日本，已经计划好几年了，今能成行，实属不易。

大概12点钟，我们便来到了机场，我的朋友孙承已经提前赶到。在机场的一角，我们找到了此行日本的领队——中妇旅的导游刘斌。妈妈坐在轮椅上，不用经受等待的疲劳，走哪坐哪很方便，孙承推着老妈说："干妈，从现在开始，这就是我的工作。"就这样，"保镖"正式上岗了。此行分工明确，孙承负责推车和搬运行李箱；我妹妹大玲负责生活服务；我则负责身体保健和拍摄照片。

机场对老人真是很优待，把我们的机票换在经济舱的第一排，很宽敞的，我们从心里感谢机场的优质服务。

此行乘坐的是日航的飞机——大连关西NH946，座位比较舒适，餐饮清淡可口。老妈的新护照办下两年了，今天终于登上了飞往日本的飞机。带着美好的憧憬，平时性格比较急躁的老妈，一路上都很恬静愉悦。

机场是个人工岛

两个小时很快就过去了，我们到达了日本大阪的关西国际机场。

机舱外的温度达到34℃，日本地陪导游小李是一位上海姑娘，到日本15年了，家住北海道，每月两次到大阪或东京带团，年收入可达约27万人民币。她告诉旅客：此行要战胜高温、战胜疲劳，不是很轻松的旅游。大家要多喝水，高速路休息站随时可停车上洗手间。

小李向我们介绍了大阪关西国际机场。她说，这是一座浮在海面上的机场，创下了世界建筑史上的奇迹。关西国际机场，日本人简称关空，位于日本大阪湾东南部离岸5千米的海面上，1994年夏季投入使用。

由于大阪周边用地吃紧，政府决定通过填海造地修建机场。连续5年的填海工程，用了1.8亿立方米的土，在原先水深达17至18米的大海里填出了5.11平方千米的机场用地。机场建有一条3500米长的跑道，主候机楼长达1.5千米，采用玻璃和金属的风格，蔚为壮观。机场高速铁路可以把乘客直接从机场送到大阪市内。机场的建设费用高达1.45万亿日元，当时约合120亿美元。

机场刚建成时，引来建筑界和工程界无数赞誉，美国土木工程师协会甚至称其为“21世纪的丰碑”。但由于大阪湾海底的地质条件不佳，是很厚的淤泥，机场从建设之日起就一直不停地沉降，目前该人工岛已经下陷了十多米。

关西国际机场是日本建造海上机场的伟大壮举，是日本人围海造地工程的杰作，是日本第二大国际机场，也是日本第一个24小时营运的机场。由于关西国际机场是位于孤立在海中的人工岛上，关西国际机场与周边的地面运输，只能靠长度超过3.7千米的关西国际机场联络桥来联络。桥梁设有上下两层，其中上层为6车道的汽车车道，属关西机场公路的一部分；下层则为往返共两道的铁道路线，由西日本旅客铁道与南海电铁两家公司共用，终点站关西机场车站与机场主体相连，提供班次密集的接送服务。关西国际机场距离大阪市中心只需1小时的车程。

旅游大巴带着我们走在这条长长的联络桥上，回望渐渐远去的人工岛机场，我不禁感叹：日本虽小，还真是有过人的地方，你不服气就是不行啊！

将近晚8点，我们入住了名古屋关西机场酒店。因为紧邻商业一条街，导游将1200日元的晚餐费退还大家，并建议我们品尝当地著名的拉面，看看名古屋的夜景。

名古屋的夜景

名古屋市，是日本中部爱知县西部的城市，也是爱知县县厅所在地，是日本人口第四多的城市。名古屋过去是尾张德川的城下町，它因为是中部地区的商业、工业、交通的中心地，并且位于东京和京都的中间，所以又被称作中京，并设有中京工业核心地带。

1610年，名古屋建城，至明治时代为止是尾张藩藩主居城。1871年，改名为名古屋县，一年后改称爱知县。1874年，名古屋举办第一次名古屋博览会。1878年，《郡区町村编制法》实施，名古屋为区。1889年，名古屋改市。1964年，东海道新干线通车。2005年，举办爱知世界博览会。

名古屋的商业街一景

我们担心老妈太累，就不再出去吃饭，自己动手把国内带来的各种各样的小食品、海鲜、豆干、辛拉面等稍作加工，一大家人吃得很开心。

酒店房间不大，我们4个人似乎有点转不开身，但房间设备齐全，冰箱、烧水器、手电筒、鞋拔子、皮拖鞋及配套的一次性杀菌除臭鞋垫都有。卫生间是那种整体亚克力材料的，非常袖珍，但洗漱用品齐备，坐便桶上带有自动冲洗设施。都说日本人注重细节，的确，从小小的房间里就可以看得出来，比国内很多四星级宾馆要先进得多。

第二天早晨的自助餐，一眼看上去很清淡，蔬菜、水果品种不是很多，但都很新鲜，还有日本独特的纳豆。站在楼上隔窗远眺，秀美的海岸风光出现在眼前。

名古屋海岸风光

见识大阪

大阪城中央耸立着大阪市的标志性建筑——天守阁，整体淡绿色的阁楼巍峨宏伟，十分壮观。天守阁是日本战国时期修建的大型城堡，在军事上有关楼和瞭望塔的作用。同时，它也是城主的居住之地。天守阁是城堡的中心建筑，它不仅是坚固的军事防御设施，也是城主政治权力和地位的象征。

丰臣秀吉初建的大阪城堡，规模有目前的五倍大。根据1959年的调查结果，确认丰臣秀吉早期所建的大阪城曾被埋在天守阁、石垣堀等地的地下十米处。天守阁收藏的大阪夏之阵图屏风即是描绘当时的情景，由于古代战争将整个城堡烧毁，才由德川氏重建完成。

之后，天守阁等建筑物又被雷电、大火破坏殆尽，直到昭和年间才再次重建。大阪城堡外全长12千米的石墙，总共动用了50万块石头，这些石块主要产于生驹山、六甲山，从小豆岛等濑户内海各地运送而来。1931年重建的天守阁，是仿照丰臣时代的天守阁外观所造的钢筋水泥建筑物。

天守阁内保存有丰臣秀吉的木像、使用过的武器等。丰臣秀吉（1537—1598），日本战国末期封建领主，统一全国的武将。始姓木下，后改姓羽柴，赐姓丰臣。早年为尾张国大名（领主）织田信长的部将，屡建战功。

从天守阁顶层可俯瞰大阪周围的美景。如今大阪城已被定为特别史迹。现存的大阪城为1931年由民间集资重建，外观5层，内部8层，高54.8米，7层以下为资料馆，8层为瞭望台。7层还以“大阪城堡之谜”为主题，解析城堡的传说。城墙四周建有护城河，附近有风景秀丽的庭园和亭台楼阁。

天守阁的右前方是大阪历史博物馆，大阪历史博物馆于2001年开放，真实再现了大阪城从古代至近、现、当代4个时代的历史。

漫步历史名城之中，满目青翠。城内樱花门是大阪城公园最著名的历史遗迹，当年大阪城遭遇火灾，仅这一道全部用巨石砌成的樱花门屹立无恙。这道樱花门显然带有“顽强”的寓意，我特别在此为老妈拍照留念，但愿她以顽强的意志战胜糖尿病，创造生命的奇迹，长命百岁。

这座历史遗迹公园，如今再次记录了日本现代科技的成果。

据说，在1970年，前后相隔不到10天的时间里，大阪城公园内曾埋下了两个直

大阪天守阁

在大阪历史博物馆前

涅槃后的樱花门遗址

径1米的圆球形时间舱，每个重约60吨。一个定于5000年后打开，一个每隔100年打开一次。人们在地面上为时间舱建了一座银光闪闪的金属墓。金属墓分为上下两层，时间舱1号被放在最底层，它要等到6970年时，再由那时的人类来开启。

两个时间舱均由特别坚固的不锈钢材料制成，由日本每日新闻社和松下电器公司共同制作。舱里分别用29个箱子存放了2098件物品。这些被收藏的物品，作为20世纪现代文明的标志性作品，来自社会、文化、艺术、自然、科技等领域，不仅有植物种子和布匹材料，甚至还有一些制造商生产出的能够代表当时最先进技术的产品，松下公司的电视机和铁锅就在其中。

大阪是西日本的经济、贸易、文化中心。由于濒临濑户内海，自古以来大阪就为古都奈良和京都的门户，是日本商业和贸易发展最早的地区，曾有几代日本天皇在此建都，因此名胜古迹众多，成为日本的历史文化名城。

大阪市内的运河

大阪市内兴建了多条运河，水域面积占总面积的10%以上，有“水都”之称。河上又多桥，有1400余座。市内还有地下街5处，有的地下街分上、中、下3层，各层特色不同。还有一条人造小溪穿流其间，配有花圃、群雕、喷泉以及小巧园林、人造瀑布等景观。街道两旁，商店林立，既是繁华的商业区，又是别致的游览地。

大阪与东京之间的新干线高速列车，每天往返数十列之多。本来安排有乘坐日本新干线的体验机会，但全团33人中只有8位游客报名，结果没能成行。大巴把大家带到了心斋桥，由于天气太热，我陪老妈留在车上休息。

心斋桥是大阪最大的购物区，集中了许多精品屋和专卖店，从早到晚熙熙攘攘，到处是市民和游客汇成的人流。心斋桥带有拱廊的设施，聚集了大型百货店、百年老铺以及面向平民的各种小店。石板铺就的人行道、英国风格的路灯，格调高雅，这一带被人称为欧洲村。

心斋桥的西侧，人称美国村。一座用油漆随便画了许多富有个性的图案的墙壁，成了这里的象征。美国村里集中了专为赶时髦的年轻人开设的店铺，出售一些不拘一格的服饰等商品。这里的气氛与欧洲村形成了鲜明的对照。每个街区的布局都各具特色。心斋桥还有很多餐饮店，既能品尝到日本本土菜，也可以品尝到中国、韩国、法国等世界各个国家、各个地区不同的风味。

大阪心斋桥

在车厢的中部，我发现一个化妆室，大巴上干吗要设化妆室？我好奇地打开半地下的化妆室，哈哈！原来就是卫生间！

孙承从心斋桥和道顿崛回来，给我看他刚刚拍下的照片，与北京的王府井、大连的天津街差不多，就是豪华的商业一条街！据说，道顿崛号称日本厨房，一条长长的餐饮街，有许多著名的小吃，如金龙拉面、章鱼烧、旋转寿司、河豚肉等，口味相当不错。看来外面的温度很高，孙承的短袖上衣透湿，几乎能拧出水来。

日本的精髓——京都

午饭后，我们顶着炎炎烈日来到京都。京都在794—1868年都是日本的首都，是个依照唐朝长安城而建的城市。但它经历过多次战争，建筑物建了又毁，毁了又建，屡经重建修葺，现时古老的建筑得以留下来，古朴优雅的面貌得以保存至今，这是不少心力刻意保护的结果。

京都自建城以来，就作为日本的政治、经济、文化中心，有数百间有名的神社、神阁和古寺名刹，拥有日本二成以上的国宝。京都又是中国化极深的城市，许多店铺的名称仍然有汉字的痕迹。

京都被认为是“真正的日本”。这里拥有如诗如画的风光和历史悠久的建筑，这里是日本人的心灵故乡，是日本花道、茶道的繁盛之地，具有最浓郁古朴的日本风情。1000余年历史孕育出的优雅古都，让人感受到的是无穷的魅力。

据说，京都一年四季都有值得观赏的景点，到京都旅游的最佳时间是春秋两季。樱花节通常在4月，大约持续一周。日本秋季漫长，多枫叶、红叶，与山明水秀的风土相得益彰，被视为世界上红叶最美的国家之一。如同观赏樱花、赞颂春天一样，日本人去红叶名胜地赏玩美景、感受秋天。只可惜我们来京都是在绿意遍布的盛夏时节，满目的青翠，倒也十分养眼。京都的金阁寺，是京都最著名的风景名胜地，特别是自第二次世界大战后日本经济强势发展后，金阁寺已成为游客来到京都不愿错过的地方。

金阁寺是世界文化遗产，正式名为鹿苑寺，是临济宗相国寺派的寺院。建于1379年，因为建筑物外面包有金箔，故名金阁寺。它是三层的楼阁，第一层为法水院；第二层为潮音洞，供奉着观音；第三层是正方形的佛堂，供奉着3尊弥陀佛。寺前是以镜湖池为中心的庭院，身影华丽的金阁寺倒映在镜湖池中，显得格外宁静秀丽。金阁寺被指定为国家级特别史迹和特别名胜。无与伦比的金阁寺，是京都的代表性景观，在京都观光景点名列前茅。

这里庭院的道路都是石子路，还有不少台阶，推着轮椅不是太好走，我们的领队刘斌和孙承不离左右地推车、拉车、抬车。在金阁寺，我们选好位置，先给老妈和大玲拍照，等我和孙承相互拍照后，转头就找不到她们的身影了。沿着前行的指示牌，我们一路追下去，看到好的风景，孙承举机拍照。我却顾不得这些美景，自顾寻找老妈。辗转周折，直到出了金阁寺的大门，还是踪影不见！于是我们又掉头分别从进出口再回园子寻找，在出口不远处，我终于远远看见她们过来了。

京都金阁寺

本来该着急的是老妈，老妈反而心态平和，一脸微笑。好在有领队刘斌在她们身边，上台阶时轮椅不好推，妹妹只好扶着老妈走，刘斌一人抱着轮椅，累得呼呼直喘气，满头大汗。来到世界文化遗产地，没有好好地游览，真是有些惋惜！

西阵和服表演

下午3点，我们一车人赶到西阵和服表演馆，离表演开始还差15分钟，我们选了一个看表演的最佳位置，把轮椅固定好。他们便四处参观，我干脆坐在轮椅上，守着位置。人越来越多，看台前已经水泄不通，因为没有座位，楼梯成为唯一能够休息的地方。

领略火山口的“大地狱”

上午，大巴载着一车的游客，往箱根富士山地区进发，在到达有“史前日本火山列岛”之称的大涌谷时，乌云翻滚，狂风大作，把整个大巴刮得东摇西晃，车身不停地被颠起，密集的雨点敲打在车厢的玻璃上，游客们一阵阵惊呼，生怕发生什么意外，毕竟这里是过去的火山口遗址。山顶的面积并不大，被瓢泼大雨笼罩着，能见度很差，10米以外的建筑统统被锁在雨雾之中。

据说，箱根大涌谷是大约3000年前，发生火山大喷发后形成的火山口遗迹。人们恐惧大自然的巨大威力，称火山口为“大地狱”，明治天皇1876年去那里参观时才改名为大涌谷。大涌谷的泉水大部分有毒，无法饮用。晴天的时候，这里可眺望富士山的美丽景色和箱根群山的恐怖“地狱”。箱根大涌谷现在每天仍在不断地由地下喷出大量的水蒸气和火山瓦斯，走近大涌谷附近一带便会闻到一股刺鼻的硫黄臭味（硫化氢瓦斯）。

在箱根成片的绿茵环抱中，唯独此处山岩裸露，张开的地壳裂缝冒着青烟，喷出大量雾气腾腾的硫黄蒸气，将泉水烧得滚烫，于是便滋生了一种特别的营生。箱根的老乡们用这特有的硫黄热泉煮出一种黑色鸡蛋，一袋的价格是500日元。日本人说，这种黑色的鸡蛋富含各种微量元素，吃一个可延长寿命3年。如果真是这样，当地岂不成了世界著名的长寿地？相关组织报道，排在世界长寿国首位的日本，平均年龄在83岁上下。但不管是真是假，品尝一个是很有必要的。

孙承冒雨跑下大巴，用500日元换回来5个漆黑的、带着浓浓硫黄味道的煮鸡蛋。我们传来传去，把玩了好一会儿，却谁也不想吃，车厢里弥漫着硫黄和鸡蛋的味道，让人有点难以忍受。借着去方便的机会，我们下车透了透气。一条由箱根大涌谷停车场至阎魔台全长670米的旅游散步路，和沿路的“炼狱热谷”，深藏雨雾之中。

雨雾遮挡了山上全部的建筑，我觉得这个景点参观的内容应该改称“云山雾罩”更贴切。游客此时在大涌谷，享受到的不仅是“云中漫步”“风中倒步”，还有“雨中跑步”呢！

带着失望情绪，我们原路下山，孙承白白冒雨在大涌谷跑步一圈，淋得像落汤鸡似的，却什么地标性的照片都没有拍到，为了有所弥补，于是在下山的路上，冒险站在车厢里，不停地抓拍他与车外地标的画面。我们想，怎么也得有一张能够看出来是来箱根大涌谷的照片吧？

中午，在雅心苑品尝日式午餐，餐厅环境典雅，食物美味可口。北京的日本料理遍地开花，所以大家吃起来倒也不觉得新鲜，但摆在餐桌上的一种调料瓶吸引了食客们的注意。别致的外形，五颜六色的内容，看着就让人喜欢，尝了一口鲜美微辣，倒在饭菜里，味道美极啦！其实细细观看，调料很容易辨认出来，有玻璃海苔、白芝麻和颗粒状的辣根等材料。

餐后，大家出门来到花园式的大厅，厅里各种各样的日本食品应有尽有，但绝大多数人都五袋、十袋地抢购刚才在餐桌上享用过的那种美味调料。聪明的日本人真是会做生意，研究顾客心理学简直是细微到家了。他让你吃到嘴里，想在心里，马上拿出钱来买到包里。其实，这点东西自己做成本不过十块八块的，但在这里就翻上5~10倍。尽管这样，我们也义无反顾地买了好几大包。

魅力富士山

富士山作为日本的象征之一，是日本的神圣之境，在全球享有盛誉。

富士山白雪皑皑的山顶，迷人的湖光山色，茂密的原始森林，潺潺的瀑布温泉，一年四季自然景色妩媚之至。

自古以来，这座山的名字就经常在日本的传统诗歌中出现，是日本著名的观光度假胜地。富士山有4个主要的登山口，分别为富士宫口、须走口、御殿场口、富士吉田（河口湖）口等，其中前3个登山入口都在静冈县内。由于富士山本身的魅力和在日本的地位，人们一直希望将其申报为世界自然遗产。不知什么原因，富士山至今也没有被列入《世界自然遗产名录》。大量的观光游客和登山家以及商贩所丢弃的垃圾，构成了富士山壮丽外观下阴暗的一面，甚至在全球的登山家之间还流传着“不要像对待富士山一样对待珠穆朗玛峰”这样的传言。

富士山自1707年最近一次喷发以来，一直处于休眠状态，但地质学家仍然把它列为活火山。由于山人合一的意识存在，每年夏季数以千计的日本人登至山顶神社朝拜。此山也是富士箱根伊豆国家公园的主要风景区。

传说，富士火山是由公元前286年的一次地震产生的，实际情况比较复杂。关于富士山的地质年龄争论不一，似乎是在第三纪地层基础上的第四纪时期成形的，最早的喷发及形成的山峰可能发生于60万年以前。虽然富士山像是一座单锥形火山，事实上它是3座相互分立的火山：小御岳、古富士及新富士。其中最年轻的新富士第一次喷发活动约在1万年前，以后继续冒烟，或偶尔喷发。

几千年以来，新富士的熔岩及其他溢流岩把两座老火山峰覆盖住，把山坡扩大到现今的范围，也使山体形成目前的锥形。富士山麓周长约125千米，连同山麓宽广的熔岩流一起，底部直径40~50千米。山顶的火山口地表直径约500米，深约200米。

环绕锯齿状的火山口边缘有“富士八峰”，即剑峰、白山岳、久须志岳、大日岳、伊豆岳、成就岳、驹岳和三岳。在富士山周围还有“富士五湖”，即本栖湖、西湖、山中湖、河口湖、精进湖。富士山属于富士火山带，这个火山带是从马里亚纳群岛起，经伊豆群岛、伊豆半岛到达本州北部的一条火山链。

下一站直奔富士山。富士山代表日本的精髓，代表日本武士的精髓。导游担心和大涌谷的天气一样，就安慰大家说："富士山是一座神山，我今年接连3次带团上山都没有看到富士山，看今天的运气吧！"有日本人说，一辈子能见到一眼富士山就非常幸运了。一般规律是，一个人如果第一次来看不见富士山，就接连3次都看不见。

富士山位于本州岛中南部，跨静冈、山梨两县，东距东京约80千米，主峰海拔3776米，是日本国内的最高峰，山体呈圆锥状，山顶终年积雪，是世界上最大的活火山之一。导游告诉大家，富士山分为男富士山和女富士山，我们今天走山梨县这边，看到的是女富士山——山景婀娜多姿；另一边静冈县，看到的是男富士山——山势雄伟壮观。

途经一块水面，啊！芦之湖，镜子般的湖面，点点小舟飘荡其中，几座色彩鲜亮的建筑，把整个湖面装扮得如同神话里的仙境。我在此行来日本之前，从网上看过芦之湖的风光照片，蓝天白云映衬下的芦之湖，富士山在湖中的倒影，漫山绚烂摇曳的樱花，让人如痴如醉。

芦之湖是在4000多年前因火山活动形成的火山湖，是箱根最迷人的旅游景点。芦之湖背倚着富士山，湖山相映，不同的季节有不同的景致和情趣。环湖步道遍植青松翠杉，景致十分怡人，湖中有很多黑鲈鱼和鳟鱼，许多日本人经常在此泛舟垂钓和游泳。可惜大巴只是匆匆路过，导游并没有请司机停车。

大巴到达一合目休息时，天空逐渐放晴，远处的富士山头完全被白云覆盖，好像戴着一顶帽子。哈哈！富士山露面啦！我们是一群幸运的中国游客，上午的狂风暴雨变成了蓝天白云，虽然阳光并不明媚，但正适合我们游览。大巴沿着山路攀爬，车厢里居然传来一阵日本的乐曲，正在纳闷时，导游说，这是富士山一个神奇的地段，好多汽车路过这里都能听到类似音乐。

富士山的来历很有趣，导游为大家讲了一段相关的传说。很久很久以前，有一位伐竹老人，在山林深处发现了一个体长仅3寸的小女孩。带回家养了3个月以后，小女孩出落成了美丽的姑娘，有许多青年男子向她求婚，天皇也加入了求婚者的行列，但都被姑娘婉言拒绝了。原来这姑娘是天上的仙女，因为犯戒被贬下凡间赎罪。在第三年的八月十五日中秋之夜，她受罚期限已满，必须重返天宫。走前，她为了答谢天皇，就给了天皇一包长生不老的药。而天皇却把药放在离天宫最近的地方烧掉。谁知道这包药总是烧不完，总是冒着烟。因此这座山被叫作“不死”或“不二”之山。在日语中“不死”或“不二”与“富士”的发音相同，富士山便由此得名。

富士山以前不允许女性登临，但是，1867年一位英国女性首次登上了山顶。从这以后，每年40多万登山者中，一半是女性游客。真感谢这位勇敢的英国女性，不然这条不许女性登山的规定还不知延续到何年何月呢！

经过1个多小时的行驶，我们终于到达五合目，这是汽车能够到达富士山的最高地，剩下的六合目直到富士山顶的十合目，只有靠自己的两条腿来完成了。因为日本的富士山每年只开放两个月，许多登山爱好者都在每年的七月至八月来此爬山。

富士山五合目风光

五合目风光无限，大块的白云和散开的乌云，把蔚蓝色的天空和阳光点缀得变幻莫测。但是风力很强，我扶着老妈几乎站立不稳，估计有6级以上。妹妹紧紧搂着老妈拍照，还说：“别让大风把老妈刮跑了！”

我们没敢带着老妈冒险，山顶的风大气温低，就在中心广场周边，以四周的景致为背景，留下了老妈和妹妹的身影。好不容易，我们在富士山顶露面的瞬间，抓拍了几张照片，山顶的白雪少得可怜，只看见月牙般的一块。等老妈看清了月牙般的富士山顶后，我们迅速撤离到大巴上，此时的大巴就像我们游人温暖的家。

山上有一个小小的邮局，听说，如果是当天第一个从邮局发出信件的人，许愿是非常灵验的。

我不舍山上的风光，转身下车又来到停车场边上，对着日本的“阿尔卑斯山”和云海、森林狂拍起来。老妈不解，冲着车窗向我招手：“快上车吧，别冻感冒啦！也没有照到人，还一个劲地照些啥呀？”我却沉醉在这大自然的迷人风光中。

富士山下的云海

在日本泡温泉

晚上9点半到达箱根四季之汤温泉酒店，饥肠辘辘的游客在曲曲折折的长廊里，迂回辗转上上下下，别说老太太，就连我都受不了了。在一座小木楼前厅里，我们都脱掉鞋子，绕道楼梯口，还要爬楼。我找到服务人员，用手指指老太太，指指楼梯，又做了一个直升梯的手势，日本人很聪明，一个小伙子清楚我们的意思后，把我们领到后面，换上拖鞋乘运送货物的电梯来到二层，再次脱掉鞋子，来到日本料理餐厅。踩在榻榻米的地面上很舒服，别致的小餐桌上摆着日本火锅，配以牛肉、鸡肉、鱼肉、白菜、蘑菇等菜肴，非常精致。小桌前每人一个坐垫，男士盘腿，女士跪坐，完全是日本风格。

老妈跪不下，我们申请了一个小椅子，服务员点火、加汤、添饭都是跪式服务，其中领班的是位台湾姑娘，已经在日本工作十多年了。注重细节服务的日本人，在老妈吃完饭后，专门开来一辆小摆渡车，把老妈送回房间，并写了一张字条。台湾姑娘热情地告诉我们："晚上洗温泉时，拿着这张字条到前台随时可以要车接送老人。"

温泉是地壳深处的地下水受地热作用而形成，富含有益人体健康的矿物质元素，能起到舒筋活络、强身健体、润肤养颜、安神定神、抗衰老等保健作用。

已是晚上十一点多，但老妈喜欢泡温泉，既然是孝道之旅，那就一切听老妈的吧！我们娘仨换上酒店准备的绿色浴袍，乘坐小电瓶车来到温泉露天浴场，冲澡之后进入温泉池中。

温泉池是在一块巨大的山石旁边，一棵参天的大树之冠，像一把硕大的绿伞覆盖在夜空。我们疲惫地躺在清澈的温泉中，享受着奔波劳顿后的惬意，温泉的袅袅热气在空中缕缕飘升，昏暗的灯光越发显得朦胧。这里上接天空之凝露，下沐地热之精华，泡在温泉中好像置身仙境。

日本最大的港口

早餐后，大巴直奔横滨观光。横滨——神奈川县的首府，日本第三大城市。

最初，横滨只是东京湾畔的一个小渔村。1859年，横滨成为自由贸易港。1873年，发展成日本最大的港口。1889年建市。1922年，关东大地震，横滨遭受巨大的损失。第二次世界大战中，横滨又遭轰炸，战后得以重建。

横滨山下町的中华街是华侨聚居区，区内有大小130多家中式餐馆。

大巴停靠在观港公园前边一家酒店的旁边，酒店大门的阳台上打出一条横幅“祝横滨开港151周年”。导游说，这家酒店很有名，当年美国大影星卓别林来日本时就曾经住在这家酒店里。

导游先带大家一起来到中华街。这是一条位于横滨市中区山下町，山下公园西南的中国菜馆街。横滨开港以来建成的横滨中华街至今已有140余年历史，以前曾被称为“南京街”。中国人聚集在此，为不懂日语的欧美商人做中介是中华街的起

横滨中华街

源。由于当时来自广东的华侨人数较多，直至现在，横滨中华街中的餐馆也是广东料理最多。

在方圆0.5平方千米的中华街内，集中了大小餐厅、食品批发店、杂货店等共300家以上，是全世界最大的唐人街。中华街有十多个区域，共有5个古老的门，住户90%是华人。

入口处矗立着15米高的牌楼，上面写着“中华街”三个大字，大街西侧排列着色彩缤纷的饭店，有百余家。菜馆分为广东、江苏、上海、四川四大菜系。

中华街中部有一座关帝庙。当附近横滨体育馆举行棒球比赛时，会有20多万人光顾这里，绝大多数要在此用餐。多数人还要到这里的舶来品商店看一看，那里主要销售从中国或亚洲其他地方进口的糖果。此外，还有中药店和茶庄。横滨中华街的中国菜主要迎合日本人的口味，甚至多少还带点法国风味。在中华街信步而行，浏览街头景致，感受中国文化气息，其乐无穷。

横滨21世纪未来港

21世纪未来港，以21世纪的环保都市为基本方针，区内的电线、电话线、光纤网络、上下水道和暖气系统全部预先设置在地底的共同管沟内。全部街道均已种植树木。街心花园有一座黑色的女人雕塑，双手抱着一个水罐。据说，这座雕塑就叫作“水的守护神”，是纪念与某座城市友好结交时修建的。

港未来区由港未来大通、国际大通两条干道贯穿，再由樱花通、榉通、银杏通、铃鹿通等道路构成区内街道。港未来区的核心是建于原造船所的船坞，这也是横滨的地标大厦，船坞在1997年成为国家重要文化遗产。

横滨市“水的守护神”雕塑

横滨和东京，几乎是连在一起的两座城市。我不曾感觉到出横滨城，便又进入东京的市区。在台场丰田汽车会馆，我们只有30分钟的参观时间，还要爬天桥，老妈不去，我便留在车上陪伴。

看过丰田汽车展的不少人感慨万分。他们议论说，汽车设计理念前卫，科技含量极高，做工精美时尚，且价格便宜实惠，真想弄它几台带回国去！因为我家没有买车，所以，我从来不关心什么买车换车的，倒是省了不少心。

皇居外苑小游

日本皇居外苑俗称皇居前广场，位于丸内高层楼街和皇居之间，是由凯旋濠、日比谷濠、马场先濠、大手濠以及二重桥前的湟池所包围的广大区域。皇居外苑地面铺设细石子，走在上面沙沙作响。皇居外苑围墙更是别具一格，是以巨大的石鼓代替的。马路对面是一个宽阔的广场，遍植青松翠柏，绿地如茵。中间有一座为纪念皇太子成婚而建的大喷水池。南侧的二重桥是游客的必到之地。二重桥下的护城河，水平如镜，宫宇垂柳倒映其中，显得格外优美，被公认为皇居最美之地。

东京二重桥

皇居前广场有一座由东京美术学校的师生在1904年铸造的楠木正成铜像。铜像高4米，重6吨多，反映了当时日本铸造技术的最高水平。楠木正成（1294—1336），日本著名的武将。他在推翻镰仓幕府、中兴皇权中起了重要作用。1336年，兵败剖腹自杀。

皇居外苑广场的围墙以石鼓代替

远远地看皇居，皇居犹如深藏在山坡上的庙宇。在明治维新时期，江户幕府结束并由明治天皇夺回管治权

东京草坪和长椅上的流浪汉

后，日本首都由京都迁移至江户，皇室亦从京都迁到此地居住，后于1888年建成为皇居。第二次世界大战期间，皇居曾遭美军的空袭而破坏，现在的皇居建于1968年。

二重桥外的广场公园，满目青翠，造型丰富的松柏婀娜挺拔。这么美丽的画面中竟有不少带着大包小裹的流浪汉，或蜷缩在长椅之上，或舒展于草坪之中。身穿制服的巡警骑着自行车来回巡视，并不打扰这些流浪汉。流浪汉们风餐露宿，卧地盖天——能在这么幽雅的环境之中流浪，也许是一种虽说无奈却也浪漫的生存方式吧！

老妈闯都厅

路过生化科技站，导游拼命地宣传：一辈子不看医生的人是傻瓜，身体就好比是一部车子，时时需要保养，关键在保健理念。日本的生物制剂是全世界最先进最安全的，走过、路过、不能错过！今天大家可以亲眼看见全球最先进的科技成果，为自己、为家人、为亲朋好友送健康是最有价值的礼品。我们既然来到日本，路过日本生化科技站，怎么也不能错过呀！至于买不买产品，看看再说吧！妈妈和大玲成天嘲笑我瞎买东西，走一个国家就买一堆当地土特产，花钱不少还不受欢迎，我的购物热情极受伤害。

日本是位于亚洲大陆的太平洋岛国，自20世纪60年代末期起一直是世界公认的第二号资本主义经济强国，科技研发能力居世界第三，同时也是当今世界第四大出口国与第四大进口国。日本属于发达国家，国民拥有很高的生活质量，人均国民生产总值超过4万美元，稳居世界前列，是全球最富裕、经济最发达和生活水平最高的国家之一。

探其原因大概有以下几条：日本充分利用第二次世界大战后的国际环境，发展自己的经济，主要是指美国为了巩固在亚洲的地位，把日本当作自己的主要盟友，对其加以扶植；在科技教育上，实行强制性义务教育，人口素质很高。物质可以消灭，人的素质无法抹杀，虽然第二次世界大战期间国家经济受到重创，但人口素质还在，这就为经济的发展提供了充足的动力。再者，日本是一个有忧患意识的国家，他们知道自己的国土面积很小，能源也很匮乏，所以日本的国民都会非常认真地工作，注重高科技研发，注重团队合作。

天色渐晚，今天最后一个项目就是新宿都厅展望台尽览东京全貌。但入口在地下，要下很长的楼梯。导游说没有轮椅通道，我自愿留下陪老妈。我想日本人不是很注重细节吗？怎么会没有轮椅通道呢？我推起老妈坐的轮椅，就想顺着长廊往都厅院子里一探究竟。

这时，老妹又跑回来，非得让我上去看看。进入都厅的大门，第一件事就是排队等待安检，然后再排队等待电梯，中间一律不停，直达都厅的顶层。顶层的中心地带

东京都厅

东京不夜城

有餐厅，大厅各处散布着旅游纪念品小卖点，周围一圈全部是高大明亮的观景玻璃窗。高耸云霄的摩天大楼绚丽多彩，星光闪闪的霓虹灯，宛如银河落九天；各大主要街道上奔跑的汽车，如流星雨划过银河星系。整座东京城如同五彩缤纷的海洋，呈现在参观者的眼帘。

我无心久留，知道怎么回事就得，赶紧排队等电梯下楼。不想，来到楼外却又找不到老妈和妹妹了。她们能上哪里？我找遍了都厅楼前楼后和旁边的花园，也未见她们的影子。也许去了卫生间？我在路口不安地等待着。

老妹也真是有本事，推着老妈随处走，看见有人从都厅的旁门出来，她就把老妈推过去。还算幸运，那门卫懂英语，竟然放她娘俩进了大门，并指引她们乘电梯来到地下参观入口，导游看见后说："这里规定轮椅不能上电梯。"老妹直接找到负责电梯的工作人员，居然优先照顾她们排在前面上电梯。

知道她们成功登顶参观，我高兴极了，一个劲地夸奖老妹。老妈高兴得合不拢嘴，兴奋地向我讲述她们成功登顶的故事。

祖孙三代同游浅草寺

回到酒店大厅我们等待分房时，女儿妍妍和她男朋友于伟出现了。一番寒暄后，我们约好，明天早饭后他们来酒店接我们，祖孙三代全天一起活动。孙承喜欢自己逛街，所以，给他全天"放假"，自由活动，晚上按时赶到成田机场酒店会合。

第二天一早，女儿和她的男朋友接我们去浅草寺参观游览。

相传，在推古天皇三十六年（628年），有两个渔民在宫户川捕鱼，捞起了一尊高5.5厘米的金观音像，附近人家就集资修建了一座庙宇，供奉这尊佛像，这就是浅草寺的由来。其后，该寺屡遭火灾，数次被毁。到江户初期，德川家康重建浅草寺，使它变成一座大寺院，并成为附近江户市民的游乐之地。

东京浅草寺

浅草寺的雷门

浅草寺二道门楼

浅草寺入口叫雷门，于1960年重建。雷门正门入口处，左右威风凛凛的风神和雷神二将，镇守着浅草寺。雷门相当于金龙山浅草寺的总门，红漆八角门是典型的宽边瓦顶。它又被称为风神雷神门，右边的是风神，左边的是雷神。雷门最著名的要数门前悬挂的那盏巨大的灯笼，高3.3米，重达100千克。远远可见黑底白边的“雷门”二字，给人的感觉是雷大门小。浅草寺的大红灯笼是日本三大著名灯笼之一，寓意为天地光明。

穿过雷门，是一条从大门延伸到浅草寺的小商业街。二道门上也有个大灯笼，灯笼上写着“小舟町”，这是个二层楼的寺门，上面有金光闪闪的“浅草寺”三个大字。让

浅草寺大草鞋

人好奇的是，这座门楼背面的大红墙上挂着一双硕大的草鞋，长约3米，宽约1米。不知世界上的草鞋是否有吉尼斯纪录，也许这要算世界第一大草鞋吧！日本人认为浅草寺的大灯笼寓意为天地光明，大草鞋寓意着立足农耕，脚踏实地，这也许就是寺庙里挂草鞋对日本人的激励作用吧。

门内有长约140米的铺石参拜神道，通向供着观音像的正殿。神道两旁店铺林立，两旁都是小吃店、小纪念品商店，店铺里摆满了各种土特产和纪念品，非常热闹。其中，人形烧是东京特产，是用面粉、鸡蛋、砂糖混合搅拌，放入铸铁模具进行烘烤而制成的点心，有红豆馅和无馅两种，最受欢迎的是模仿动漫人物的人形烧。据说这里的店铺烤制的人形烧最具有日本风味。

正殿的前面有一座大香炉，香烟缭绕，人头攒动。浅草寺的香很特别，是以纸捆成一束，每一束10根，高约15厘米，售价100日元（约7.5元人民币），然后整束一起点燃。与中国的寺院有所不同的是，浅草寺没有那些一两百元人民币一炷的高香。

浅草寺商业街棚顶

来浅草寺上香的人，都会在香炉边上熏一会儿才肯离去。

还有不少日本人往自己脸上、身上扇些香气，还有拍头、拍胸、拍脚的。据说，香熏后可为自己祈福，驱除晦气，防病健身。

大殿光线较暗，蜡烛不像中国的寺庙那样摆在佛像的前面，而是放在佛像前两侧特制的大玻璃罩内，一层层地插放。

膜拜的人不少。日本人烧香拜佛，没有下跪而后五体投地拜佛的仪式，都是站着合掌祈愿，然后再合掌拍一下致谢就算完成了整个拜佛仪式。当然，在参拜神佛前，要往募金箱里捐一点香火钱，捐的多少全在于自愿，但日本人普遍最多捐5日元硬币（约合人民币3角8分钱）。据说，这个数目的发音与“佛缘”相同。

殿内布局与国内寺庙不同，大殿厅内感觉比较开阔，人在其间行走方便。我被大殿里的汉字对联所吸引，这副对联是：十方来人皆对面，佛身圆满无背相。横批

浅草寺观音堂

观音堂内绿色的蜡烛亭

浅草寺五重塔

浅草寺佛塔

看不太清楚，好像是“施无畏”三个字。

寺院西南角有一座五重塔，为日本第二高塔。东北侧有浅草神社，造型典雅，雕刻优美。神殿的东侧，有一别有洞天小公园，有佛雕坐落其中。神殿的西侧，是一排高高的木架。木架上整齐地挂着一排排白灯笼，这是一些企业或店铺为了祈求财源广进，向寺庙捐助的。

★ 此去九州又察形——微观日本

如果说第一次去日本是走马观花，那么女儿生小孩，给了我3个月的机会，进一步感受了日本的文化、文明、建筑、饮食、医疗、养老以及价值观等。

每月一次的地震演习

今早起床还没等出门，就听见小区灾情预报。我虽然听不懂日语，但社区预报地震已经习以为常，有时候一天要预报几次呢！开始我还有些紧张，看女儿一家该干什么干什么，一点不在意，慢慢地我也适应了。

但这次家里的百叶窗帘，花盆上的叶子以及灯具都在晃动。我站立不稳，心一下提到了嗓子眼，琢磨要不要叫醒孩子们？叫醒了又该往哪里躲？如果大地震，日本政府应该会组织动员撤离吧？我应该不会在日本遇到毁灭性的地震吧？反正我和女儿、小外孙在一起，有事也是一家人在一起。可惜来不及告诉老伴儿了，今早电子邮箱打不开，小外孙的10幅照片还没有发出去呢……

就这样犹豫着，想着，看着电脑上的时间，9点59分，1分钟、2分钟、3分钟……感觉时间那么漫长，感觉我在飘，身体飘，意识也在飘。大概晃动了三四分钟，才感觉渐渐平稳。谢天谢地，总算有惊无险，但一些物件直摇摆了六七分钟。看窗外行人照走，应该问题不大！女儿曾经告诉过我，日本几乎每天都在地震，每天都能震上20多次，根本跑不过来。再说住在25层楼，想跑也来不及呀！顺其自然吧！

又一次地震过去了，生活又归于平静。但今天的震级比往常大些，我没敢出去。

没隔几天的一个上午，我在窗户里忽然看到，附近几个写字楼里源源不断地走出许多人，我以为又出险情了。女儿告诉我，这是东京每隔一段时间就组织一次的地震演习，统一从高层建筑转移到政府指定的就近避难所。大多数避难所都是小学校的大礼堂，里面备有应急的食品、毛毯等。

仔细观察，果然不错。他们几乎都是写字楼里的员工，穿着整齐，几乎都是白上衣黑裤子，头戴统一颜色的安全帽，有组织、有秩序、有路线地在马路两侧穿梭。

难怪3个月前的东日本大地震、核泄漏出现时，日本国民没有惊慌，没有混乱，所表现出的社会秩序整体井然，所表现出来的高素质使全世界的人都为之赞叹和敬佩！看来还是不懈的国民教育、防患意识及有效的组织训练，使日本民众能够从容地面对特大灾难。

其实，日本人面对地震的从容并不是一蹴而就的。日本是个岛国，又处在环太平洋地震带上，自古以来就是一个自然灾害多发国家，仅在近几十年中就发生过不少大规模强烈地震。例如，1923年的关东大地震、1995年的阪神大地震、2004年的新潟地震和2005年的福冈西部洋面地震。为了应对各种可能的突发灾害，日本各级政府开展了许多有益的探索和尝试，采取了各种行之有效的措施。比如，完善相关的立法，修建水库和整治堤防，对建筑物进行抗震处理，建立危机管理体制等，使日本人在灾难中积累了不少宝贵经验，全民逐渐形成了较强的防灾抗灾意识与观念。

20世纪60年代，日本依据《灾害对策基本法》，构建起法律体系和防灾规划，建立了覆盖政府部门、民间组织和普通民众的防灾体系，实行一定地域内救助物资储备制度和统筹管理制度，并把防灾工作渗透到商品流通和生活消费等细节，在灾害发生后可迅速开展商业网点恢复等灾后重建。

日本各地根据可能发生灾害的特征和规模，建立了相应的避难所。每个避难所提供大约1250人的避难物资，以确保市民在灾害发生后3天内的饮食和生活需要。避难所还备有发电装置、医疗用品等灾害应急物资，这些装备由区政府指定的居住在附近的工作人员负责。灾害对策本部负责向避难所调配和输送食品和生活用品。日本的防灾应对体系强调把地域作为一个统一的整体。首先，根据假定受灾人数确定灾害应对物资的需求数量，并根据已有储备、流通库存调配数量，根据民间企业与居民的储备量确定当前的供给数量。当供大于求时，则不需要区域范围的援助；反之，强化以一定地域为整体的区域援助就非常必要。其次，日本还根据灾害规模和受助情况，采取不同的应对级别。对于较小的灾害，以市、町、村内部的应对为主。对于重大灾害，则以国家、都道府的应对为主。

民众对于灾害具备必要的科学常识和自护知识，对于减少灾害造成的损失有着重要的作用。在日本，经常可以看到各种形式的关于防灾和减灾自护自助的宣传，每年的消防日有众多的人参加消防训练和演习。有关防震抗灾方面的知识教育相当普及。人们不仅要知道和了解地震、海啸等自然灾害，更要掌握相应的防范技能。日本在灾难发生后救助的原则是“自助、公助、互助”，而其核心理念是“自助为先”。所谓“我身我命”，强调自我救助。只有人人都能自救，就会减少人员伤亡，就能把损失降低到最小。从小培养防震抗灾意识，是日本的一个成功做法。

对灾害强烈的忧患意识，使得日本的防灾教育十分到位。每年的9月1日是日本的“防灾日”，8月30日到9月5日是“防灾周”。日本政府会在每年的这个时候举行综合防灾训练。这是由首相亲自指挥的在全国范围内展开的防灾演习，连日本自卫队也会参加。除了这种专门的救灾防灾训练之外，面向全民的防灾教育体系也十分完善。

日本从幼儿园时期就开始教育孩子地震的常识和如何在地震的时候保护自己。这种教育贯穿他们的一生，所以面对地震，他们有更加理性的认识。东京都内的小学，每个月都要举行这类演习，以便小学生在真正遭遇地震等灾难时，不但不会慌乱，而且还知道如何规避灾难和救助自己与他人。

在日本，人们的防震意识已经渗透到了生活中的方方面面。比如，家里的稍高一些的家具，为了防止它在地震时倒下来砸伤人或物，都有专门把这些家具与墙壁或天花板固定的装置。而摆放的如音响、电视或一些容易损坏的工艺器皿等，在其四角处都有专门固定防滑的胶皮垫。

此外，防灾体系还渗透到日本商品流通领域和日常生活细节。日本北方居民的汽车后备厢里，少不了轮胎防滑链。在公路多坡、桥的地方，政府都放有免费自取的化冰剂。水、方便食品等生活必需品往往与手电筒、收音机等防灾产品打包在一起，做成救援包。在暴风雪到来的季节，日本普通居民都要进行食品储备。居民多是成箱购买蔬菜、水果和油盐酱醋，一次至少储备一个星期的使用量。对于老人等不方便的家庭，超市还有免费送货上门的服务。充足的商品储备既可以减少居民出行意外，又可以有效避免居民在灾害发生后出现抢购。

日本算得上全世界把资金花在防震设施上最多的国家，他们的楼房、设施建设和相应的应急措施、法律、法规都比较完善。这样，在地震发生之后，他们能最大限度地避免不必要的损失。

还有更重要的一点，日本的国民素质比较高，面对大灾大难尤其是地震，他们会更加坚强。

遇到了两个中国留学生

早上出去时已经8点多了，看到芝浦工业大学后面有不少学生，路过他们身边时听到两个坐在长凳上的学生在对话。穿白衣服的问穿黑衣服的学生："你来日本前读的是高中还是中专?"穿黑衣的学生回答："我读的是大专。"嘿！是两个中国学生。

等我走了两圈回来，他们还坐在那里。我主动向他俩打招呼："早晨好！你们是中国来的吗?"他俩正无聊，很高兴和我聊起来。

他们是今年刚到日本不久的留学生，穿黑衣服的来自安徽，穿白衣服的来自大连。啊，大连来的，那咱们还是老乡呢！原来他们在东京已经学了半年日语，今天是入学考试。他们住得很远，来得太早了，要等上两个小时才能考试。来考试的大部分是中国人，而且都是男孩，一个女孩都没有。

他们说，想考入市内一个环境比较好的大学，专攻环保，将来回中国用得上。

我赞叹小伙子选的专业好，将来回国报效祖国的精神更是可嘉。"那你们的学费是公费还是自费呀?"我问。穿白衣的小伙说，暂时还是家里出钱。看样子他要报考的是公立大学了。

当我问他们来日本是不是感到东西很贵不敢花钱，我的大连老乡却说："不贵！我觉得比国内还便宜些。再说，国内有钱还买不到这么好的东西呢!"他的回答让我有些惊讶，看来我的小老乡家庭一定比较富裕。那个安徽的孩子说："反正我是除了吃饭，就不敢买别的东西啦!”

正说着话呢，另外几个人过来问我：“你也是中国人?”“对呀！我是中国人，而且不会日本话。”他们哈哈地笑起来。一次孩子们的入学考试，使我在异国他乡一下看到了这么多中国人。

他们很关心这里的房价，觉得这个小区的环境不错，只是不算市中心。这帮中国学生真有意思，好像他们是来考察的，而不是来考试的。看样子，他们都胸有成竹。

从曾为留学生的女儿那里，我了解到，日本高等教育主要采取“谁受益谁负担”的原则。国立院校的经费主要由国家财政拨款；而私立院校则主要由学校自筹资金，其中绝大部分靠学生缴纳的学杂费等。

20世纪90年代以后，由于国立院校学杂费的不断攀升，提高到每年55万日元，逐渐缩小了与私立院校的差距。但即使如此，私立院校收费仍为国立院校的1.6倍。

这么高的学费为什么还有这么多的中国孩子报考日本的学校呢？当代的日本教育现状有哪些可取之处呢？将来我的小外孙要在这里生活，上幼儿园、小学、中学、高中、大学，日本的教育体制是个什么样的状况？应该有个大概的了解。

日本的高等教育机构中，有大学、短期大学、高等专门学校、专门学校。高中的应届毕业生，大约有60%继续上大学、短期大学或专门学校。在世界上，日本也被认为是数一数二的高学历社会。

日本人的文化素质普遍较高，这与日本的教育制度不无关系。现代日本的教育制度虽然是明治维新之后确立的，但已基本形成了重视义务教育和高等教育的传统。中、小学教育体制大致与我国相同，普遍实行小学6年、初中3年、高中3年的制度，小学和初中为义务教育。

通常，外国留学生可以报考的日本高等教育机构有：大学（含研究生院）、短期大学、高等专科学校和专门学校，这些学校大致分国立、公立和私立3种。在日本取得的学位和资格都会得到世界各国的承认。

日本的学前教育机构有两种：一种是幼稚园，属于学校教育制度的组成部分，招收3~6岁幼儿，由文部省领导；另一种是保育所，属于福利机构，招收从出生到6岁的幼儿，由厚生省领导。

中日教育理念的差别

中国与日本的教育理念和教育体制都不一样，如果单讲考试成绩，全世界各国的孩子一般考不过中国的学生。日本学校讲求平均教育观念，不讲求突出个性，学校安排的课程相对比较宽松，进度比较慢。孩子缺少竞争，会不会影响将来的学习成绩，在竞争激烈的日本社会实在令人担心。日本是一个充满竞争的社会，从考大学开始就要参与竞争，直到就业工作以后，一生的竞争也不会止息。

父母是孩子人生的第一任老师，引导是相当重要的。我非常赞成日本人对孩子的挫折教育，到处可以看到日本人对孩子生活细节上的态度。孩子跌倒了，父母只是鼓励他们自己爬起来；每天早上看到成群的小学生，自己背着沉重的大书包，手里还拎着午饭、运动衣、雨伞等，大人几乎不陪不送，更不见有父母为孩子背书包的现象。哪里会出现中国城市小学校园门前的壮观情景，早上送孩子、下午接孩子时，爷爷奶奶们纷纷出动，帮着背书包、拎衣服；更有为数不少的父母，不上班请假开车接送孩子，壮观的接送大军几乎阻塞了交通，甚至动用警察来疏导，维持交通秩序。当然，这也不能完全归咎于家长，中国的社会整体环境无法和日本相比，如社会治安、交通安全状况等也是亟待改善的。

我们不会娇惯孩子。女儿说，她打算让孩子1岁上幼儿园，和日本的孩子生活在一起，提高孩子的独立性。

不光上幼儿园，在家里也应当注重家庭教育。我去美国了解到，美国大富豪洛克菲勒那么有钱的人，孩子们的零花钱也还是全靠他们自己做家务劳动获取。日本的家庭非常重视孩子的自立教育，从小就培养孩子自主、自立的精神，这一点比中国的大多数家庭要好。

日本的家教比较严格，非常注重文化的传承，在日常的饮食起居和与人交往方面有一套礼节规范，说话的语气措辞、行动举止都要合乎各自的性别和地位的角色要求；大部分家庭要求孩子做家务劳动，让孩子收拾、整理自己的房间及身边的东西；让孩子自己去买东西，教育孩子尽量不要给别人添麻烦。父母经常带孩子到科技馆参观，鼓励孩子多读书、多提问题，独立思考和有自己的想法，让孩子参加各种创新性游戏，发展孩子的想象力；鼓励孩子从不同的角度组装各种各样的模型，以培养孩子的动手能力和创造性；鼓励孩子自发游戏，敢于攀树爬墙、猎奇探险，培养勇敢坚忍的精神。

中国的独生子女家庭，对子女的教育往往重情轻理，对孩子过分溺爱。如今的中小学生大部分只知道被爱，而很少爱别人，霸道要强，害怕艰苦，依赖性强，心理素质较差。

女儿家的楼下就有一所私立幼儿园，外面看门脸并不醒目，大门上只印有成人巴掌大的一个儿童的大头像，下面一行黑色的日文，用汉字表示就是“豊洲幼儿园”。因为关系到我的小外孙，所以，我特意扒在幼儿园门外玻璃窗向里面观察了一番。门厅不算宽敞，室内很干净，四面立有好几个鞋架子，数了数，大约50多双零岁到五六岁孩子的鞋子摆在鞋架上。不难看出这个幼儿园至少有50多个孩子。

好天气的上午，在女儿家25层高的窗户上就可以看到，幼儿园大一点的孩子们，和老师一起在芝浦工业大学校园的草坪上玩耍；小不点的孩子则由老师和阿姨们推着4人坐的小车在院内日光浴。在日本，几个月大的孩子就可以上幼儿园。

关于幼儿园的费用，日本收费很有创意。孩子们的学费标准是依父母的工资高低决定的。有钱的多交，没钱的就少交。幼儿教育主要有两种形式：一种是幼稚园；另一种是保育所。幼稚园作为学校教育的一部分，被列入学校教育体系中，而保育所是一种福利性的设施。日本以私立幼稚园居多，占全国幼稚园总数的50%以上。日本公立幼稚园的收费标准由政府制定，向家长收取的费用标准是按家长所缴所得税的多少确定。所得税高的家长要承担的费用相对要高些，所得税低的可以递减。

女儿向这所幼儿园的负责人做了了解。这是一所东京都认证的保育园，有月托、日托和小时托。基础收费情况：入园费为2万日元；零岁包括45天儿童为每月7万日元；2岁以下为每月6.3万日元；3岁以上为每月5.7万日元。吃饭、服装等其他费用单独计算，延时也要单独计费。

由于这所幼儿园只能收60名儿童，现在已经满员，想入园的孩子要提前3个月申请。根据申请者的实际情况，幼儿园有权自行选择录取。

女儿已经看好这家幼儿园，但人家是否愿意收，就不是我们说了算啦！看来，日本的幼儿园也满足不了孩子们的需求啊！

女儿告诉我，因为结婚有孩子的日本家庭主妇大多为全职太太，根本不想把孩子送幼儿园的。

教育孩子，尤其男孩子，爸爸一定要当好表率。

每天早上6点半，我都能看到楼下芝浦工业大学篮球场上，一位爸爸带着儿子打球、做操或跳绳。男孩大约10岁左右，爸爸也有40岁的样子，身材挺胖的。我猜想爸爸也许是个体育教师，看样子指导儿子还挺专业。能有这么大的耐心，天天陪练，一般人很难做到。到周日清晨、上午，陪孩子锻炼的父亲更多了。我建议女婿过来看看这场面。

女婿很理解我的意思。他说，男孩子必须跟父亲在一起，处处为孩子树立榜样，施行潜移默化的教育和影响。只有这样，才能使男孩成长为男子汉，勇敢坚强地克服困难，长大后才能担当责任。

我觉得，孩子的培养不要过分苛求，应当顺其自然，给他个标准，稍微努力就能达标为好。我的小外孙，我希望他能够身体健康活泼，充满好奇心，坚强勇敢，沉稳乐观，富于爱心和孝心，不一定争高分，但要有较高的志向。

不一样的游览

因为小外孙的出生，我有机会在日本相对地长住，可以沉下心来，细细地游览日本名胜，慢慢地品味日本文化，而不是跟团旅游那种匆匆忙忙地走马观花。

女婿请他的好友——某公司经理小翁，陪我去京都一日游。小翁虽然是中国人，但在日本工作好多年了，又经常陪他们国内的朋友光顾这些名胜古迹，加上他自己的勤奋好学，所以对这些旅游景点非常熟悉。

我们是坐新干线“希望”号去的京都，东京到京都相距513千米，费时两个多小时。新干线火车分3种速度，“光”号和“回声”号稍慢些，我们坐的“希望”号是最快的一种，但比上海的磁悬浮列车还是慢多了。我们坐在头等车厢，东京到京都单程就要1.3万日元（800元人民币左右），头等座位就要1.8万日元。小翁说票价比飞机票还贵呢！所耗时间和坐飞机一样，但比飞机舒服便捷。

的确，列车飞快平稳地行驶，不像磁悬浮列车那样随着转弯时时左右倾斜，旅客几乎不敢看窗外令人眼晕的景物。宽大整洁的车厢，舒适的航空座椅，可以放下半躺着睡觉，在新干线车窗外出现的青山绿水，与东京高楼大厦形成鲜明的反差，令人陶醉。穿制服的列车小姐面带微笑地为新上车的每一位旅客递上一块湿纸巾，然后核对票号座位。车厢里的客人很少，只有不到10个人。

从东京到品川再到横滨，然后就是名古屋了，一小时后便是京都站。过去，从东京到大阪乘火车需要6.5小时，新干线运行初期，缩短为3.1小时，现只需2.3小时，而从东京到福冈1069千米，现只需4.5小时就可到达。自从新干线开始运行以来，共运载乘客约60亿人次。新干线的直接经济效益十分显著，而间接的效益更加可观。新干线的建设不仅带动了日本土木建筑、原材料、机械制造等有关产业的发展，更重要的是促进了人员流动，加速和扩大了信息、知识和技术的传播，从而带动了地方经济发展，进一步缩小了城乡差距。

京都是日本的古都，要了解日本，京都是活着的历史。这里拥有如诗如画的自然风光和历史悠久的建筑，这里是日本人的心灵故乡，是日本花道、茶道的繁盛之地，具有最浓郁古朴的日本风情。1000余年历史孕育出的优雅古都，能让人感受到无穷的魅力。

早就听说古城京都的火车站非常现代，到现场感受，果然设计非凡。要不是小翁带着我出站，我可能要上演刘姥姥进大观园了。我们七拐八拐，好像穿行在哪个城市的商业大街。在上下自动扶梯时，小翁提醒我说："阿姨，京都和东京不一样。东京人上下自动扶梯时，都往左边靠，右边是让给要急步赶路的人走；而在京都，人大多往右边靠。别看只有两个小时的新干线路程，规矩就出现了差别。"

天气太热，中午的气温超过35℃了，为了节省体力，我们打车前往。

我们上了一辆出租车，起步价是640日元。还不等我抬手关车门，车门就自动关闭。干净的车厢内，雪白的车座套，司机是位头发花白、满脸皱纹、身材消瘦，看上去有50多岁的大姐。我们首先奔市中心的二条城游览。

二条城是世界文化遗产。门票：成人600日元；初高中生350日元；儿童200日元；

京都二条城

残障者免费。二条城位于当时古城京都的二条通尽头，是以街道名称命名的，突出地立于四条街道的中央。它是了解江户时代建筑文化的最佳场所。

二条城作为将军家的居城可谓历史悠久。和其他当时的城堡不同，二条城没有深沟壁垒，外形也不同于江户、大阪这种典型的武家城堡。二条城的外观看上去更像一座权贵的大型府邸，其外观建筑和室内装修都显示了德川家的权势和富贵。

它始建于1603年，当时是德川家康征夷大将军（日本江户幕府第一代征夷大将军）觐见天皇时，在京都的寓所。有东西约500米、南北400米的围墙，并挖有壕沟。1867年，德川庆喜在此将统治权交还给天皇。本丸御殿在天明时期的大火中烧毁，现存的建筑是从京都御所的桂宫御殿迁移过来的。

目前所见的二条城建筑，有着日本桃山时代的样式特色，占地27.5万平方米，总建筑面积有7300平方米。其中的二之丸御殿等共有6栋建筑物被日本政府鉴定为国宝级文物，其中的二

二条城会见大厅

之丸庭园被鉴定为特别名胜地。

穿过二条城的大门，小翁给我领了一个中文解说机，按照图上标明的顺序和步骤，我逐一按键了解参观内容。被誉为日本国宝的二之丸御殿，采用了唐门风格的装修，散发着深厚的盛唐文化气息，在江户时代这是最豪华气派的装修了。

二之丸御殿里面设有若干个房间，其中最大的称为“远侍之间”，面积据说有1046.1平方米，分为一之间、二之间、三之间、若松之间和敕使之间，是各地大名藩主和朝廷敕使等候征夷大将军（当时日本的实权者，对外称“日本国王”或“日本国大君”）接见的场所。

二之间的屏风画着猛虎和豹，象征着将军家的威武；敕使之间是将军会见天皇朝廷使者的地方，朝廷的敕使坐在上座，将军坐在下座，以示君臣之礼。但实际上，当时的天皇朝廷只是一个摆设，职责是研究知识学问，根本无权干预政治，甚至连对外的国王头衔也没有。由于权势和财富的悬殊，二条城的建筑其实比皇居还要豪华气派。

穿过雕刻精美、装饰华丽的巨大前门，然后是一系列会见室。第一间大厅通过饰以华美的绘画、中楣、用平顶镶板装饰的天花板来加深人们对于幕府将军权力无边的印象。一般人甚至不允许走进第一间大厅。

幕府的“夜莺地板”

内部的大殿是接待高级官员的，这里的装饰更精巧，花费也更大。因为谨防背叛行为，幕府将军安装了“夜莺地板”，它能够在轻微踩踏的情况下发出嘎嘎吱吱的声音来警告有人入侵。那时，风景优美的庭园里没有一棵树。幕府将军不想看到落叶，不愿意由落叶想起他将面对的死亡。但今天我们游客走在曾用于防御的夜莺长廊上，心情更多的是欣赏和享受，仔细倾听着脚下的夜莺鸣叫，由衷钦佩建造者的聪明和智慧。

二之丸御殿内还有供各地大名向将军献礼的黑书院、白书院。黑书院是将军和亲藩大名、谱代大名会见的场所，装修别致，也是将军会见心腹诸侯的地方；白书院是将军的起居间和卧室，内部的装修和黑书院不同，主要是一些山水水墨画。殿内墙壁和隔门上绘有幕府的皇家著名画家野一门的画作，其中《鹰立松树图》《守望八方雄狮图》皆为狩野派的名作。

二条城的中心建筑为本丸御殿，在二条城创建之初，本丸御殿的规模不亚于二之丸御殿，是一座5层的天守阁建筑。可惜因为1750年那场雷暴，本丸御殿在遭遇雷击后被大火烧毁。后来幕府虽重建本丸御殿，但因为二条城是作为幕府在京都的代表，故而在明治维新时遭拆毁。现在我们所看到的本丸御殿，规模已不如二之丸御殿了。

二条城的本丸御殿

将军家的气派还表现在二条城的庭园上。一座二条城单是庭园就有3个，包括最出名的二之丸庭园、本丸庭园、清流园。其中的二之丸庭园为洄游式庭园，水面曲回，泉流清澈，水庭之中建有3座小岛，并在水池的中央布置了3段式的叠瀑。水庭的周边植有高低错落、组合有致的各类树木和植物，与水面、湖石相映成趣。二之丸御殿的宫室建筑又秀美又恢宏。

庭园的设计基本是中国式的，可见中国文化对日本的影响。二条城内的樱之园种有樱花中的王者——八重樱花，历来是最负盛名的赏樱胜地。我们来得不是时候，已经过了樱花盛开的季节，无缘目睹樱王的雄姿。古建筑及其环境的传统性在这里得到了最佳的维护和延续。当人们徜徉在二条城里，好像自己已经被时光隧道拉回到那个久远的历史年代。

现在，二条城的那些建筑已经成为历史的象征。它们作为传统文化和艺术的结晶，

二条城洄游式庭园

值得日本民族为之骄傲。小翁结合自己对日本历史和文化的理解，深入浅出地为我做了各种介绍。

二条城里的故事很多，但最重要的历史故事有三个：第一个是1611年的德川家康会见丰臣秀赖。这次二条城的会面表面上是爷爷和孙女婿的首次会面，但实际上代表了丰臣家从此臣服于德川家，天下之主从此不再是丰臣秀赖。第二个是德川家光邀请后水尾天皇造访二条城事件。本来日本历史上只有作为臣子去谒见君主的惯例，但德川家光为了显示自己的地位和权势凌驾于天皇之上，提出要天皇到江户拜访将军。虽然后来改成了天皇出巡二条城，但由于二条城是将军在京都的行宫，天皇后水尾出巡二条城也象征着天皇朝廷彻底向武家政权屈服。第三个是1867年的大政奉还仪式。此时的德川幕府已完全丧失人心且被维新派军队击败，末代将军德川庆喜被迫向天皇交还政权，辞去被德川家世袭了15代的征夷大将军职位。

德川庆喜向明治政府交还政权的仪式就在二条城的二之丸御殿进行。历史往往就是这样具有讽刺性，德川家康当年在二条城接受丰臣家臣服的时候，应该想不到他的子孙也是在这里交出政权的吧！

京都清水街

京都的豆腐宴

弥补了参团旅游的遗憾

出了二条城，我们打车直奔清水寺，这是我们陪老妈来日本时没来得及游览的景点。据说，京都的豆腐宴很著名，中午我们就在清水寺的夏越豆腐馆品尝了豆腐宴。清静的餐馆坐落在清水街道一条小巷深处，我们点了一套800日元的豆腐套餐，有豆酱、芝麻豆腐、烤豆腐、风味豆腐、清水豆腐、蛋羹豆腐、天妇罗等。京都料理是由皇宫料理、寺院的精进料理、怀石料理发展而来的，具有独特的风味。

吃饱喝足休息后，我们顶着炎炎烈日，踏入清水寺橘红色的大门。这是京都最古老的寺院，被列为日本国宝建筑之一。清水寺为778年由延镇上人所建造，为平安时代的代表建筑物，后来曾多次遭大火焚毁，现今所见为1633年德川家光依原来建筑手法重建，与金阁寺、二条城并列为京都三大名胜，也是著名的赏枫及赏樱景点。

京都恒武天皇的敕愿寺

清水寺是778年延镇上人在音羽的瀑布上参拜观音而开始修建的。到了798年，坂上田村麻吕改建为佛殿，从此成为恒武天皇的敕愿寺。

清水寺的音羽瀑布

清水寺因寺中清水而得名。顺着奥院的石阶而下便是音羽瀑布，清泉一分为三，分别代表长寿、健康和智慧，被视为具有神奇力量。游客路经此地一定会来喝上一口水，据说可预防疾病及灾厄。

我从中国漂洋过海来到日本，怎么也要喝几口清水寺神奇的山泉吧！于是，我不顾烈日当头，耐心地排队等候，终于在苦苦暴晒半小时之久后，拿到了经过紫外线消毒的专门接山泉水的长把小铁勺。用这把小铁勺我如愿喝到了3条泉流下的水。山泉清凉、甘甜、解暑，排队等待的燥热顿时全消。

相传延镇上人于778年在此开山后，由大将军坂上田村麻吕于798年兴建寺庙。现存的大部分建筑始建于1633年，被定为国宝的主堂是由139根立柱支撑的，宛如硕大的舞台，又称清水舞台。本堂的下方有著名的音羽瀑布与祈求分娩顺利的子安塔，后者被列为世界文化遗产。清水寺建于音羽山上，为日本佛教北法相宗的总院。寺院周围是京都的名胜古迹，春天樱花盛开，秋天红叶似火。

清水寺本堂正殿供奉着11面千手观音立像。这座正殿每隔33年才开放参观，最近开放的一次是2000年。现在的清水寺东、西方有西门、三重塔、经堂、开山堂、轰门、朝仓堂、本堂、阿弥陀堂。周围的建筑有仁王门、马驻、钟楼、北总门。除了这些建筑物之外，境界内的东边设有利用江户时代初期的技法来修建完成的成就园。

由于日本古时除了东、西两大愿寺可盖在京城内之外，所有的庙宇神社都只能

音羽山下的京都风光

依山而建，而清水寺坐落在山腰上，落差极大。这座完全木造的寺院总面积达13万平方米之广，其内最有名的清水舞台，离地面50米高却只靠139根木柱支撑结构，可见当年工程之浩大与艰巨！参观清水寺时，一路拾阶而上，凭栏远望，京都市景尽收眼底。

清水寺无论是春天的樱花，夏天的瀑布，秋天的红叶还是冬天的飞雪，都能让人们流连忘返。

清水寺的西门建于1607年，建筑外观色泽鲜艳，雕刻细致有加。建筑形态呈单层8柱，屋顶属于“切妻”式（古代建筑的一种屋顶样式）建筑。

从清水坂前往清水寺道路两侧，除了有京都传统木造住宅外，还有古老的神社和寺庙。古时候来到清水寺参拜的武士，通常先把马匹拴在仁王门前面清水坂上的马厩里，因此这个马厩就成为室町时代遗留至今的建筑物。

清水寺为栋梁结构式寺院。寺院建筑气

京都清水舞台

势宏伟，结构巧妙，未用一颗铁钉。寺内有近30栋木结构建筑物，有正殿、钟楼、三重塔、经堂、地方神社、成就园等。如天气晴朗，从清水舞台放眼望去，甚至可以远眺大阪。

舞台的建筑，巍峨地耸立于陡峭的悬崖上，景色自是美妙，失足掉落下去休想活命，以致日语里诞生出一条谚语来：“从清水的舞台上跳下去”，用来形容下决心做某件事情。

殿旁有一眼清泉，被称为金水。传说，掬饮金水就能一切如愿。寺内另外16栋建筑也属国家重点文物，其外形各具特色，与正殿相映成趣。寺中的音羽瀑布，流水清冽，终年不绝，被列为日本十大名泉之首，清水寺之名也由此而来。

清水寺的后侧，有一处叫地主神社的小神社。神社和寺庙，本是不相干的两种宗教的膜拜场所，融合在一起也许是唯有在日本才能见到的景观。

清水寺地主神社

八坂神社

在清水寺到处都可以看到身着日本和服、脚踏木屐的外国游客，尤其是高鼻、蓝眼、金发的欧美游客格外醒目。日本的和服有两种，待字闺中的女子的和服是长袖的， 嫁作人妇的是短袖的。据说，在日本的11月有一个“357节”，即3岁、7岁的女孩和5岁的男孩穿和服被大人带往神社参拜，祈求神灵保佑孩子平安长大。

游客租一次和服的价格不同：普通不化妆的简易和服3000~5200日元； 正式和服加化妆（就是抹大白脸的

八坂神社祭奠堂

那种）要6500日元；日本歌舞伎妆要9975日元；如果请摄影师跟随到园内拍照，要1.6万日元。

我们此行的最后一站是祇园。下车后，首先游览了八坂神社。

这是一家位于日本京都府京都市东山区的神社，是日本全国约3000座八坂神社的总社。例行祭祀的活动叫祇园祭，与东京的神田祭、大阪的天神祭并称为日本的三大祭。原本有多种称呼：祇园神社、祇园社、祇园感神院、祇园天神，1868年改名为八坂神社。

877年，八坂神社因驱除了京都流行的瘟疫而闻名，此后被奉为除瘟祛病之神。色泽鲜艳的红色门楼为国家级重要文化遗产。日本三大节庆之一的祇园祭，便是每年7月在这里举行。

八坂神社内的建筑物有本殿、拜殿、摄社、末社、楼门等。因民间传说八坂神社能解除灾厄，很受众人的信仰。参拜八坂神社不收门票。但参拜时，神社

神社前的粗麻绳是人与神灵联系的工具

主殿那条通往神灵大门的粗大绳索旁，有一个小捐款箱，你可自愿捐款。只见一位穿着讲究、头发稀疏、身材干瘦的老人，摇动绳索后微闭双目，双手合十，面朝天宇，脖子微微后仰，不知他心中在祈求什么？

小翁告诉我，那条绳索相当于门铃，摇动绳索等于告诉神灵：我来参拜你了！

神社里面的工作人员穿戴很烦琐，高高的帽子，宽大的长袍，手持一束白色的像短把的墩布似的刷子，左一下右一下，就把灾难扫除了。

花见街的歌舞伎

离开八坂神社，我们来到祇园老街一家著名的甜品世家——祇园小石，品尝了传统风味的京都小点心。在咖啡店里小憩时，我们每人吃了一份冰点心，喝了好几杯日本茶。这家不大的咖啡店里当时有5桌食客，4桌是中国人，除我们外那3桌都是台湾游客，只有一对日本男女坐在角落里大声说笑。

京都的夜生活丰富多彩，祇园的花见街上布满了大大小小的酒吧、居酒屋和夜总会，虽然门面不大，但是价格不菲。有的餐厅也有歌舞伎表演，收费在600日元以上。著名的祇园艺场也在花见小路上，是专门为游客表演的场地。主要有花道、茶道、琴、雅乐、狂言、京舞、京乐等表演，游客在此可以领略浓浓的京都风情。喜欢听摇滚、爵士的游客也可以在各种酒吧里找到乐趣。

我们漫步花见街的时候接近傍晚，已有歌舞伎开始出动，她们浓妆艳抹，但绝不随便与游客接触。不等你打招呼，她们便低头匆匆离去。在日本传统的文化艺术中，歌舞伎已经走过了400多年的历史，从一度是妓女的演艺变成当今高雅的集歌、舞、演剧为一身的独特的日本艺术。也许因为坐落在东京的歌舞伎町是闻名全球的红灯区，因此说起歌舞伎，对于不了解日本文化的异邦人总会对“伎”字引发联想。

布满酒吧的祇园花见街

那么，真正的歌舞伎是什么呢？

歌舞伎诞生于1603年，当时的歌舞伎并不是现在这样的歌、舞、演剧浑然一体的艺术，也不是男扮女装，而是一种加有简单故事情节、具有宗教色彩的舞蹈，而且是女扮男装。歌舞伎的创始人是日本关西岛根县出云大社的女祭司阿国。当时，为了募集木殿的修缮费，她来到京都，改革了“念佛踊”（念佛踊经时的动作舞蹈），加入简单的故事情节作为一种演艺公开表演，在京都、大阪等地引起强烈反响，甚得民众欢迎，是当今歌舞伎的原型。

歌舞伎从民俗发展成日本的国粹文化，经历了波折的成长过程，由“游女（妓女）歌舞伎”到“若众歌舞伎”，最终发展到“野郎歌舞伎”，逐渐成为现在这样专门由演员演出的纯粹的歌舞演剧艺术。阿国创建了歌舞伎后，在京都、大阪一带的游女受其影响组织了许多游女歌舞伎，她们除了演剧之外还从事卖淫活动。当时的日本德川幕府对游女歌舞伎的淫乱行为采取了取缔措施，于1629年公布禁止女人演戏的法律，结束了游女歌舞伎的时代。之后产生了歌舞伎中的“女形”，这种歌舞伎被称为“若众歌舞伎”。

“若众歌舞伎”中的青年男演员因为年轻貌美，深受女性观众的喜爱，演员生活作风糜烂，经常和观众发生恋情，于是在1652年明令禁止若众歌舞伎演出。然而，歌舞伎毕竟成为当时日本民众最主要的娱乐活动，幕府禁令无法断绝民众的喜好，剧团方面便想出了对付禁令的方法，把青年男子演出的歌舞伎改为成年男性演出，于是出现了“野郎歌舞伎”。

虽然是京都二度游，但我仍感到处处新奇。回到下车时的京都新干线火车站，小翁带我乘滚动电梯登上了高达10层的空中花园。

据说，这个火车站地上地下共有16层呢！空中花园里的植物不多，只有稀疏嫩绿的竹子，其间有少量游客在长椅上休息。这里可以看见高高的电视塔在蔚蓝的天空映衬下格外醒目。站在空

京都新干线火车站

中花园的玻璃墙内可以看遍全京都。

在自动售票机里，我们又买了两张头等车厢的火车票，在舒适干净的环境里，聊着今天的见闻和感受。奇怪的是，经过一天的奔波，我身体虽然有些疲劳，但精神很好，非常开心。

与第一次参团游览京都的感受大不相同。一路上，小翁这位业余导游真是服务细心，讲解耐心，对人关心，充满爱心！我们在聊天中，不知不觉间回到了东京。

可祈福的明治神宫

小外孙满两个月了，既然小外孙出生在日本，我们便入乡随俗，按日本人的习俗，选个大吉的日子全家出动，去明治神宫为小外孙祈福。

日本的明治神宫与日本人的生活可谓息息相关。每年都有多场新生儿命名仪式、成人礼、毕业典礼和婚礼等人生重要仪式在明治神宫举行。位于东京涩谷的明治神宫，地处东京市中心，占地70万平方米，紧挨着新宿商业区，占据了从代代木到原宿站之间的整片地带，是东京市中心最大的一块绿地。神宫始建于1915年，是纪念明治天皇和皇后的别宫，第二次世界大战时被焚。现在的建筑群是1958年重建的，供奉明治天皇与昭宪皇太后。

神宫不收门票，我们推着婴儿车进入神宫大道，看上去宽敞平整的大道并不十分好走，地面全是小碎石铺就，婴儿车走在如同搓衣板的路上，把我的小外孙颠得直点头。

神宫内有南、北、西3条参拜道，从南面正路进入，经过神宫桥，神宫前南北参道交会之处的大牌楼，日本人称它为大鸟居，高12米，两柱间距9.1米，柱的直径为1.2米，是日本最大的木制鸟居，据说属于“明神鸟居”的形式。原始的鸟居在1966年因遭雷击而损坏，现存的鸟居则是在1975年以台湾丹大山树龄1500年的扁柏，依照1920年的样式重建而成。

穿过大鸟居就进入了大参道。前方拐弯处迎面一道白色的石壁，上面有明治天皇的手书文字，内容好像是教导他的国民的语录。沿着被称作“升型”的道路通往大殿。不像一般的神社，面正南而建，参道是笔直的。明治神宫升型参道看起来好像是直角，实际的角度是88度，据说是建造神社的名匠大江新一郎的提案，但定为88度的真意却不为人知。有人说，因为“八”字吉祥，还有说是为了避免与御苑的南池冲突而将参道故意稍稍偏斜的。

在明治神宫朝拜许愿大道两侧的铁架子上，摆着许多大酒桶和大酒坛，是日本各地敬献的名酒，左边则是外国人赠送的上等洋酒。据说，这些酒如果一个人每天喝180毫升，可够200人喝上一年。

进入明治神宫正殿必须在殿前的净盆处洗手漱口后方可入内。我们每人用小竹勺从清水池舀出清水净手后，也为小外孙冲洗了小手和小脚，并更换了尿不湿，干干净净去参拜祈福。刚到正殿台阶，就看到日本人的结婚仪式。两位身着日本和服的男士在前边引路，两位姑娘走在一身白衣、头顶高高白帽子的新娘两侧，一位穿和服的男士为新人撑着一把大伞，身着黑色西装的结婚队伍紧随其后缓缓而行。没有音乐伴奏，没有鞭炮齐鸣，让我这位中国来客感到神宫的婚礼有点喜庆不足，庄重有余。在中国，结婚可是人生中最大的喜事呀！据说，明治神宫里每隔40分钟就举办一场婚礼，每年超过1300对的新人在此见证良缘，可见明治神宫在人们心目中的地位。

正殿一旁的祈福牌架上挂满了祝福的心愿和护身符。明治神宫的护身符也很有学问。日文“宫”字是由象征着屋顶的“宝”字盖头，象征房间的“吕”字，以及象征回廊、连接“吕”字两“口”的一撇而组成。由于在汉字的故乡——古代中国的建筑物之间没有回廊，所以原本传至日本的“宫”字没有这一撇。日本的大正时期，政府机关开始使用带有撇的“宫”字，但明治神宫的护身符上保留了没有撇的“宫”字。

神宫内苑，西边是美丽的神宫御园，御园西北角是明治神宫本殿。外苑有圣德太子纪念馆、国立竞技场、东京都体育馆等。1964年，东京奥运会的主赛场就设在这里。每年去参拜明治神宫的人数在全日本各神社居首位，尤其是在新年伊始，参拜人数可达近400万人。每年最热闹的日子要数元旦的“初诣”。据说，如能在熙攘的人潮中将硬币越过警察组成的盾墙而抛入正殿，则会来年顺利。

漫步在明治神宫的林荫大道，随时可以听到乌鸦那并不悦耳的鸣叫。林中的大道是人和乌鸦共用的通道，到处可见浑身漆黑、个头大、嘴巴长的大乌鸦。它们随心所欲地在地上蹦蹦跳跳，并不怕人。乌鸦、鸽子、猫头鹰在日本都是有神性的鸟。因为，传说中乌鸦是神仙下凡时的坐骑，因此不准杀灭，不能随意伤害；鸽子是和平的象征，不能杀，更不能吃；"猫头鹰"一词的发音与"母亲"发音一样，有谁敢对母亲不敬呢？所以，这三种鸟在全日本人心目中，一直被当作神鸟受膜拜。

日本创建西洋美术馆是法国人的要求

在小翁和女儿的陪伴下，我们乘地铁来到了上野公园。上野公园是日本最大的公园，面积达525万平方米。园内有多处名胜古迹（如德川幕府几位将军的陵墓等），并建有博物馆、国立西洋美术馆、东京都美术馆及上野动物园等。

我们直奔东京上野公园门口斜对面的灰色建筑，这就是国立西洋美术馆。该馆的建立要感谢一位名叫松方幸次郎的人。这个日本人原是川崎造船所的社长，大正至昭和年间赴欧洲收购了大量的印象派作品，包括油画、水彩画、素描、版画、雕塑等，还在日本画家的陪同下到莫奈的画室里挑选作品，又资助将罗丹的作品翻制成铜像。

在法国雕塑家罗丹的作品《地狱之门》前

第二次世界大战期间，松方幸次郎将他的371件藏品寄赠给了法国政府。战后，日本与法国进行了十多年的交涉后，法国政府终于同意将这一批作品归还给日本，条件是必须在东京建立一座专门的美术馆。就这样，一纸协议促成了国立西洋美术馆的建立，并于1959年开馆。馆内现有2000多件藏品。

对我们最有吸引力的是放在草坪中的青铜雕塑《地狱之门》。这是法国著名雕塑家奥古斯特·罗丹历时37年，直到他逝世也没有完成的作品。在《地狱之门》上，罗丹雕了186个人物形象，中心主题是通过"地狱篇"中的象征性构图及真实人物造型，综合表达罗丹的哲学思想，把近代文明中的罪恶都集中表现在“大门”之上，刻画出人类在追求理想、欲望而争斗的过程中，不断折磨自己的形象。

莫奈的《睡莲》

1880年，罗丹选中了文艺复兴时期大诗人但丁的长诗《神曲》中的“地狱篇”，塑造了著名的、规模浩繁的《地狱之门》群雕门饰。其中有几尊形象后来独立成为享誉世界的名作，如《思想者》《三个幽灵》《吻》等，它们分别展出在国立西洋美术馆大厅最显眼的位置。

罗丹是最杰出的浪漫主义雕刻大师。然而，他的伟大更在于他的深刻思想：他没有浪漫派中容易见到的那些弊病，如肤浅的热情、空洞的夸张、虚假的内涵。他偏爱悲壮的主题，善于从残破中发掘出力与美。

与我的欣赏风格不同，小翁绝对堪称莫奈的粉丝。站在莫奈的《睡莲》前，他仔仔细细反复端详。每次来参观都在这里驻足不前。他说，自己还是缺少资金啊！不然的话，恨不能倾其所有将其购下，把这幅画带在自己身边，随时都能看到它。

莫奈于1890年购置了他最昂贵的作画设备——吉维尼花园，并且将花园中原有的池塘重新设计，扩大了数倍，使得他能够随时进入身边的大自然，即使行动有所不便，也能到户外作画。这幅作于1916年的《睡莲》便是在吉维尼花园中著名的池塘边完成的。画家以竖形的笔触表现了平静的池塘水面上的倒影，又用随意的笔调描绘了一簇簇漂浮在水面上的睡莲，色彩鲜明而具有透明感，体现了画家晚年炉火纯青的灿烂画风。

热海处处有温泉

时间过得真快，转眼就到了7月底，还有一周我就要回北京了。临走前，女儿、女婿张罗着带我去热海看看，泡泡温泉。

中午，举家前往日本静冈县热海市大观庄温泉度假酒店。出了东京，穿过横滨，沿着小田原的海岸线直奔热海。小车奔驰在伊豆的土地上，远眺波涛浩渺的大海，心海也随之缥缈起来。

记得诺贝尔文学奖获得者川端康成的小说《伊豆的舞女》里描述的故事，就诞生在这块土地上。故事的情节本身很简单，一个就读于大学预科的少年，在一次娴静的旅途中，邂逅了一名美丽的舞女。故事中的两人并无世俗之人想象的卿卿我我、花前月下，乃至山盟海誓。他们只是通过几次回眸、几滴清泪来诠释这若有似无的情愫，于是眼波流转之间，上演了一出青涩而忧郁的少年情怀。

在作品的情节叙述中，作家始终在追求一种抒情的虚幻之美，借此来遮盖住内心强烈的孤独、感伤和失恋，寻求一种精神上的解脱，让自我的生活经历升华到象征的美的世界上，达到自身美好感情与精神上的追求目的。

沿途经过伊豆山神社，这是日本屈指可数的温泉观光地“伊豆”的地名发祥地。因为开创镰仓时代的源赖朝与北条政子就是在这个地方结婚的，所以，此地也是有名的姻缘神社。

我们先去了热海城。热海城作为知名的赏樱胜地，春天游人如织，非常热闹。可惜我们来得不是时候，樱花盛开的季节已经过去3个多月，但这里仍然吸引了众多游客，900日元一张的门票，还是挡不住人们对热海城的向往。其实，热海的天守阁并不是古代建筑，但是在日本历代名流中，有众多的人曾经想在这里建造一座城楼，只是由于地势险要无力可及。我们现在看到的天守阁建于1959年，位于热海市临海的最高处——著名景点锦之浦的山顶。

热海城的天守阁外观6层，内部有7层，是根据日本城天守阁的模样建造的钢筋铁骨建筑。城内1层展出日本古时武士的武器、服装、用具等珍贵的物品；2层是日本名城池资料馆；3层不对外开放；4层为江户时代民间绘画展；5层为江户时代民俗体验馆；6层为观景台；地下1层为浮世绘图画展览和游艺场。内部设有电梯、楼梯、小吃部、咖啡厅、土特产与纪念品小卖部。我们从1层转到6层，站在海拔160米高的天守阁上，热海城市街景及初岛、大岛、湘漠湾风光尽收眼底。

热海风光

走在热海市沿海窄窄的街上，到处可见温泉旅馆，到处可以看到穿泳装的男男女女和渔师料理的招牌。人们穿过马路就到了游泳和冲浪的海岸，玩饿了就到渔师料理大饱口福。渔师料理，就是渔夫吃的菜，原料新鲜，做法简单，美味可口。

据说，这个城市政府的税务所、电力所、法务所等房子后面都冒热气，因为遍地都是温泉的泉眼。也许，公务之后他们就可以就近跳进温泉，洗却一天的疲惫，轻轻松松地回到家中。热海的老街上跑着一种红色的老爷车，是游览公交车，坐此车可以到小城的主要景点。

热海之所以称为热海，我想可能是因为地处伊豆半岛的这块土地靠海，并且拥有诸多温泉吧！

热海自古以来是伟人、文人、财界人士钟爱的地方。说到底，是因为距离政治中心江户（东京）很近，加上可以享受优质的温泉，还可以品尝山珍海味，具有所有观光地的魅力。不仅如此，还因为它被世人评价为“非笔墨所能描绘”的、具有很多代表性的景观。可以说，这是满足所有游客需求的一大休闲景点。

热海梅园是热海最著名的一处景点，此处有着700多株梅树，从头年12月初开始到次年3月为止，形形色色的梅花持续绽放。梅园因拥有日本盛开最早的梅花与凋零最迟的红叶而闻名；它还拥有树龄超过100年的古梅树等400多棵。夏天还可以欣赏漫天飞舞的萤火虫的奇妙光芒。

日本温泉休闲很火爆

离周日还差好几天的时间呢，热海几家不错的温泉酒店都被预订一空，只剩下大观庄温泉度假酒店一套豪华大套间。女儿当即拍板，我还真是舍不得住这么贵的房间，虽然订的是大套间，但还是要按人头收费，成人每人每天5.5万日元，小外孙每天5000日元。

在我的想象中，日本面对地震、海啸、核泄漏，应该对度假泡温泉等休闲娱乐活动有所影响。但日本人很会享受，每到周末就会直奔有温泉的地方去度假。

舍得花钱是社会福利高的一种反映，如果养老、看病没有保障，谁还敢有钱就花。再有，日本是个地震多发国，加上今年的地震、海啸和核灾害，给人们一个很现实的心态，就是平时就要想得开，活得潇洒点，否则，攒钱到头来，天灾人祸谁也无法预测，还不如有了钱就消费，把自己的生活质量提高来得实惠。

大观庄温泉度假酒店坐落在一座山头的自然松林之中。环境幽雅，园艺高超，荷兰女王曾经造访过这里，就下榻在酒店5层的房间里。由于地势高，可以边泡温泉边看海。站在大观庄门口的观光台上，宽广无垠的大海和海上的初岛一览无余。阳光之下，船帆点点，还可见巍峨矗立对面山峰的热海城和天守阁。

我们的小车刚刚停靠在大观庄温泉度假酒店的大门口，就有几位身穿和服的女服务员和白衣蓝裤的小伙子迎上来，拿上我们所有的行李。我们迈进大门的第一件事就是换上拖鞋，进入客厅的第一件事就是换上简易和服。

我们住的大套间是松风201号，门厅过道直通卫生间、洗漱间和洗浴室。门厅右手边是个大更衣室，一面墙是大衣柜，服务员热情地帮我们选好合体的和服，就连我的小外孙也有专用的婴儿和服，换下的衣服放入大衣柜。左手边进去就是一大一小的套间。

与中国酒店房间不同的是，外间比里间小些，里间的摆设恰似中国酒店外间客厅的设备，1张大茶几、4把无腿的带靠背的座椅，单独的扶手，很像精致的带软垫的小板凳。3杯绿色的凉茶和1杯冰水，以及各放一块白色湿毛巾的3个小盘子，整整齐齐地放在茶几上。

大套间里面两侧都是放工艺品的地方。房间三面都是木格白纸的推拉门，典型的日式房间。外间有一个日式的梳妆台，靠窗一面像长桌一样的高台，上方悬挂着“松风”两个刚劲有力的汉字。这两个字，中文和日文的含义和写法是一样的，只是读法不同。

大间外面两侧有宽敞的长廊和阳台，有两套沙发茶几，可供休闲喝茶、聊天观景；还有一个高档电动按摩椅放在一边。倚窗而坐，可以远眺蓝色的大海。近观日本精湛的园艺，一侧木窗外的几个巨大的松枝，枝叶繁茂，犹如巨龙探海。另一侧窗口外流水潺潺，游鱼满池，错落的园艺造型，宛若人间仙境。整个房间可以摆放40多张榻榻米。难怪住一夜要收我们17万日元呢！

饭后，有专人来接我们观焰火。也许因为我们住套间，一位老太太把我们一家专门安排到4层一个单独的有座椅的阳台看焰火。

海上焰火还有节目单，真像看表演一样。共分4个部分，每种烟花有各自的名字，在夜幕的海上争奇斗艳。每年七八月份，每周末都举行烟火大会，这是热海的夏季风景。在大地震后的日本还能见到这番景象，我心中暗暗佩服日本人的坚强和乐观。

观看令人开心的海上焰火之后，我们分两路，小外孙和他爸爸去4层观海浴池，我和女儿去瀑布温泉和庭院温泉分别体验一番。

浴池不大，但很现代，瀑布、山泉、松枝、灯光，加上日本典型的园艺造型，池中泉水汩汩涌入，不断升腾起渺渺的热气，犹如梦幻般的仙境。这些天然的、终年不竭的泉水，深藏在茂密的大松树林中，所以当地人称这里的温泉为山王泉。这里有好几处公共温泉池，分别建造在几个环境不同、风格各异的地方。当然，每个房间也都有温泉，但多数人喜欢室外环境幽雅的公共温泉浴池，日本人称之为“露天风吕”。来热海温泉度假，当然主要目的是为了洗温泉。日本人对洗温泉格外偏爱，他们的洗浴文化认为，洗浴是有讲究的，正如中国的工夫茶。

一般来度假的日本人，放下行李就先来个洗尘的泡汤，泡汤后慢慢品味美食，喝点小酒助兴，酒足饭饱稍事休息后再换另一种风格的温泉池浸泡，这时才是正式的泡汤。然后，回到房间，几个人坐在榻榻米上的茶几周围喝茶聊天，直侃到夜半三更才席地而睡。次日清晨再次沐浴温泉，早饭后返程。

沐浴是一种文化，不仅仅是单纯的净身行为。古埃及人、印度人、罗马人以及日本人，都是在洗涤中寄寓一种心灵的升华。

大观庄酒店的温泉是氯化钠泉，据说能改善身体素质，抑制神经兴奋，放松情绪，可引起皮肤血管扩张，改善血液循环，增加汗腺及皮脂腺的分泌，促进炎症渗出的吸收，加速组织新生，并有消炎脱敏的作用。

晚上，我们泡完温泉回到房间时，服务员已经把我们的被褥铺好。4个铺位都在一个大间里。还有这么多的空房间，为什么都挤在一起呢？我坚持把一套睡铺拖到长廊的一头，伴着窗外的星云，听着泉水的叮咚，多有诗情画意的环境啊！

凌晨3点左右，又发生了地震。躺在榻榻米上，震感格外明显，全身都被颠动。日式房间里的拉格门都在轻微响动，房上的吊灯在来回摇晃。听听隔壁女儿住的房间里没有声音，酒店也没有通知，我想震级一定不会太大，便老老实实地没有动窝，反正全家在一起呢！

清晨，我和女儿悄悄溜出房间，日本的庭园园艺，你不服还真是不行！大观庄温泉度假酒店坐落在山顶，就山坡地势而建的园林，曲径通幽，风格独特，你可以不出酒店，透过酒店大玻璃窗，观赏变幻的色彩，享受养眼的绿意。去山间的小路上，

温泉酒店的山坡庭园

要换上外面的拖鞋。我们就像典型的日本女人一般，身穿和服，脚蹬拖鞋，在园中漫步。想象不出，在这狭窄的山坡之上，居然会有这般世外桃源。

上午，我们再次来到位于4层楼顶的观海温泉池。在山顶上的4层楼顶，视线要说多好就有多好，晴空万里没有一丝云彩，可是我扫遍海平面也没有见到富士山的影子，也许方向不对吧。网上介绍说，晴天时可以看到富士山的雪景！那该多浪漫呀！

我们娘俩喜欢不同风格的温泉池。女儿喜欢庭园风格的浴池，而我喜欢的是这里的楼顶露天观海的温泉池。坐在热气腾腾的温泉里，海风、山风拂面，空气中负氧离子含量极高。极目远眺，海天一色，几艘白色的快艇划过海面，留下白色浪花组成的线条。我浸泡在近40℃的温泉中，感受着淡淡硫黄味道的氯化钠泉水的爽滑，体验着全身血流加速、温暖扩散、肌肉舒缓的惬意。

我突然想起，一位女友曾建议与我一道在初冬时节去北海道洗温泉。她说，坐在温暖的热泉中，喝着日本的抹茶和梅子酒，看红叶，观落雪，那诗意般的情景，绝对浪漫享受。我相信，那是一定的！

日本的老人生活很讲究

东京市中心有一家颇有名的豆腐屋，坐落在东京塔的下面，白色的幡上写着“豆水”。

门旁有一座小磨的日式建筑，里面是一座闹中取静、庭院深深、优美雅致的日式庭院餐厅。满园的松梅竹和石榴、杏树，各色的鲜花盛开，杏子已经果实累累。小溪蜿蜒，曲径通幽，彩色的大小鱼儿在清澈的小溪里游来游去。热情微笑的女服务员，身着浅粉色古典农妇上衣、灰色高腰紧口裤腿，头发盘在脑后，脚上套着白色布袜和日本拖鞋，总是低首欠身、彬彬有礼的样子。

门口人来人往，都是些穿着讲究的老头老太太。尤其这些老太太，脸上的皮肤保养得很细腻，而且都很认真地化了妆，穿着很正式，衣料质地也非常好。女儿告诉我，在日本，老人大多属于有钱一族。因为，日本的养老制度对老人非常有利，退休时老人可以领到一大笔退休金。

这座豆腐屋的庭院占地6000多平方米，是江户时代园艺和食品的国粹，院中的古树都在百年以上。在一位日本小姐的引导下，我们来到了事先预订的庭玉庵房间。这是典型的日本风格，进屋先换拖鞋，再上高台，服务员推开拉门，门口有一套装饰用的小酒缸、酒具、酒勺。房间很简洁，榻榻米地面，中间有一张餐桌，下面可以伸腿。木格装饰的四壁，一束花斜插在木梁上。拉门对面的整个墙面都是玻璃窗，可以看到外面的小桥流水、精巧园艺和戏水游鱼。不等美食上桌，人已陶醉在这古朴典雅的环境中。

东京豆腐屋窗景

见我们抱着婴儿，服务小姐主动送来一个舒适的婴儿筐，看来这里常有小婴儿光顾。靠里边一角有一个类似婴儿筐的粗线条敞口箱，里面是放置手包的地方。

上菜时，服务员跪坐在门口，双手搭在膝前，很礼貌地鞠躬。每上一道菜都要简单地介绍菜品的特色，一招一式有板有眼，一切都是那么井井有条。我们品尝了八道菜：第一道是海胆翡翠茄子；第二道是田乐，其实就是烤豆腐；第三道是旬鱼；第四道是冬瓜；第五道是八寸；第六道是豆水，也就是豆浆煮豆腐；第七道菜是拌饭；第八道是甜点。每样都是那样袖珍，那样精致。那份叫八寸的菜，有一块粽叶包裹的寿司，一块如大拇指粗、半个拇指长的裹了某种调料的红薯，一块同样大小的章鱼须，放在一个树叶状的小碟中，外配一小杯放置了四分之一个西红柿的柠檬水。

上菜的速度比较慢，我们可以慢慢聊天，细细品味。每样全部下肚，不觉得饿也不觉饱。我这饭量比较小的人尚且如此，如碰上体力劳动者，真不知要吃上几份才能饱腹。看来在这里主要是体验幽雅的环境，品味精致的生活，而不只是吃饭。的确，要讲果腹，日本也有相对便宜的400~1500日元一碗的面条，而这里最便宜的一人份套餐也要将近9万日元。与中国老人节俭的消费观念有着鲜明的不同，日本老人生活很优越最根本的原因就是他们有很好的经济保障。日本的养老制度引起了我极大的兴趣。

从20世纪50年代末起，日本政府便着手解决养老问题，并且一开始就走了法治化的路子。1959年《国民年金法》颁布，政府采取国家、行业、个人共同分担的办法，强制20岁到60岁的日本人都参加国民年金体系。此法改变了过去实行行业年金保险制度带来的行业间高低不均、社会覆盖面太窄、农民和个体户成了没人管的“另类公民”的弊病，兼顾和满足了不同层次国民的养老需求。

日本政府1963年颁布《老人福利法》，推行社会化养老，但几年后养老院渐渐不受老人欢迎，因为它缺少了天伦之乐。此外，因65岁以上的老人看病不用自己掏钱，很多人便到医院大开特价药，致使财政叫苦不迭。为此，1982年，日本又出台了《老人保健法》，使日本老人福利政策的重心开始转移到以居家养老、居宅看护的方向。例如，政府出资培训了10万名家庭护理员，负责看护老人，处理家务；普及托老所，提供短期入住、看护、治疗；开发了一批低价位的“三代同堂”式住宅；倡导全民保健等。

《国民年金法》《老人福利法》《老人保健法》，恰似3根支柱，撑起了日本老人福利保障体系。日本的养老金制度由国民年金、厚生年金和共济年金等组成。其中，国民年金是日本养老金制度的基础，20岁以上60岁以下、在日本拥有居住权的所有居民必须加入。个体经营者、无业人员等每月需缴纳1.33万日元，企业职工和公务员则加入含有国民年金在内的厚生年金和共济年金，按收入的17.5%缴纳，由职工和雇主分别负担一半。

近年来，随着日本人口出生率的下降和老龄人口的增加，人口老龄化问题日趋严重，现行的养老金制度受到了严峻挑战。

由于政府养老法制不断完善，保证了老人的经济来源，所以在这样高消费的场所，总能见到这些干净讲究的老人们在一起聚餐游玩。这一点，我在国外旅游时，导游们也常常说起日本老人团旅游都是豪华团，他们的旅游总是站在世界旅游的潮头，哪里有日本团，哪里的旅游就值得一去！

最近，日本总务省发表的《国情调查报告》指出，日本已经成为世界上老龄化和少子化问题最为严重的国家。日本老龄人口所占比例高达全国总人口的20%；而未满15岁的人口，仅为全国总人口的13.6%。与此相对应，2005年，日本妇女生育率降到1.25，也就是说育龄妇女终身平均只生1.25个孩子，而1970年这一数据为2.13。层出不穷的日本社会现象中，少子化和老龄化已经成为最突出的问题。

为什么这样呢？应该说，这与日本女性生育观念的变化有直接关系。一份调查显示：一向以传统、温顺著称于世的日本女性开始“离经叛道”，开始不婚、不育。究其原因，至少有三。

其一，很多受过高等教育的日本女性持有晚婚或独身的婚恋观。其二，随着时代的发展，很多日本女性认为，婚姻并不是女性的终身目标，更多的女性追求优越的生活质量，出现了所谓的“寄生单身一族”，尽情享受单身时的自由自在的生活。结婚后相夫教子、养家糊口的责任与负担也会使她们不愿意轻易地涉足婚姻。其三，结婚后不要小孩，享受“丁克”家庭生活的日本妇女近年呈现递增趋势。

在日本，没有医疗保险生不起病

来日本不到半个月，我就开始发烧，吃过自己带的药就退烧了。但没过几天，就开始腹痛。女儿要带我去医院，我没答应。在北京还好好的，刚来日本才十来天就闹病，心里难免有些沮丧。女儿、女婿动员我一定要去医院。

我知道，在日本看病很麻烦的。我既没办保险，又没有病案记录，不了解我的既往病史，一定要做全面检查，折腾一遍需要花很多钱，因为日本的医药费相当昂贵。女儿生孩子就花了100多万日元，除去保险，自己缴了40多万日元。一次健康检查就花掉了1.9万日元，因为日本的医疗保险只包括医疗费，健康检查是不纳入保险的。

日本医疗保险的资金主要来自两部分：投保企业和个人缴纳的医疗保险，以及国家财政的补贴。医疗保险是强制保险，一般雇员和公务员从工作之日起便从工资中自动扣除保险费。但参加国民健康保险的农民和自营业者因为是非工资收入者，只能自己到市、町、村政府缴纳。

保险费负担比率，各制度间有一定的差别。受雇者保险按工资比例，原则上雇主和雇员各负担一半。公务员由于受雇于国家和地方政府，保险费虽然也是劳资各半，事实上雇主一方的保险是由国家和地方税收出资。面向普通国民的地区保险是按每户定额收取保险费，平均每户一年15万多日元。

国家财政对医疗保险的补贴也因制度不同而有所区别。此外，医疗保险规定：对无工作能力、无收入来源、无法缴纳保险者，经核实可划为生活保护范围，免缴保险费，享受免费医疗。收入低下的农民和自营业者可享受免缴一半保险费的待遇。

日本的医疗保险因每个人的职业不同，所参加的制度也有所区别，缴纳的保险费也因此不同。健康保险参保者看病个人只负担20%，国民健康保险参保者就要负担30%。国民健康保险原本是为农民和自营业者建立的，而现在大量地加入了60岁及以上的退休者。这些人本来就没有职业，以年金度日，医疗费负担的加重造成了待遇不平等。同时，老年人的加入，医疗费的增加，也使得国民健康保险财政越发困难。

会吃河豚的日本人

都说日本的河豚味道鲜美。有一天晚上，女儿、女婿带我来到东京银座著名的河豚店，品尝了闻名世界的日本美食——河豚。

这家店门脸不算大，出入的大门只容一个人穿行，临街的橱窗有一个巨大的展示鱼缸，一群河豚自由自在地在里面游戏。店内被隔成一个一个的小间，一个桌子两边榻榻米式的坐垫，桌面下的凹陷正好可以放腿。早就在电视上看到日本的旅游宣传说河豚是一种美味的鱼，其实中国也有，只是没有多少人会做，更没有多少人敢吃。

中国《水产品卫生管理办法》明确规定："河豚鱼有剧毒，不得流入市场。""捕获的有毒鱼类，如河豚鱼，应拣出装箱，专门固定存放位置。"河豚的内部器官含有一种能致人死亡的神经性毒素。有人测定过河豚毒素的毒性，相当于剧毒药品氰化钠的1250倍，只需要0.48毫克就能致人死亡。其实，河豚的肌肉中并不含毒素。依品种，河豚最毒的部分是卵巢、肝脏，其次是肾脏、血液、眼、鳃和皮肤。河豚毒性的大小，与它的生殖周期也有关系，繁殖期的河豚毒性最大。这种毒素能使人神经麻痹、呕吐、四肢发冷，进而心跳和呼吸停止。国内外都有吃河豚丧命的报道。

据说，世界上最盛行吃河豚的国家是日本，日本的各大城市都有河豚饭店。厨师要经过严格的专业培训，毕业考试时，厨师要吃下自己烹饪的河豚。因此，有些技术不过硬的人就不敢参加考试。

预防河豚中毒，首先要认识河豚。河豚是一种身体短而肉质肥厚的鱼。身上生有毛发状的小刺，坚韧而厚实，可作头盔。河豚上下颌的牙齿都是连接在一起的，好像一块锋利的刀片，这使河豚能够轻易地咬碎硬珊瑚的外壳。河豚大都是热带海鱼，只有少数几种类型生活在淡水中。河豚一旦遭受威胁，就会吞下水或空气使身体膨胀成多刺的圆球，天敌很难下嘴。河豚体形长、圆，头比较方、扁，有些河豚有美丽的斑纹；有些则没有斑纹，而是一片黑色。

河豚中毒以神经系统症状为主，潜伏期很短，短的为10~30分钟，长则3~6小时发病。发病急，来势凶猛。开始时手指、口唇、舌尖发麻或刺痛，然后恶心、呕吐、腹痛、腹泻、四肢麻木无力、身体摇摆、走路困难，严重者全身麻痹瘫痪、有语言障碍、呼吸困难、血压下降、昏迷，中毒严重者最后多死于呼吸衰竭。如果抢救不及时，中毒后最快的10分钟内死亡，最迟的4~6小时死亡。

对于河豚中毒，目前尚无特效解毒剂，发生中毒以后应立即将病人送往医院抢救，尽快使毒物排出，并对症治疗。预防中毒的最有效方法是管理部门严查，禁止零售河豚。特殊情况需要加工食用的河豚应在有条件的地方集中加工，在加工处理前必须先去除内脏、皮、头等含毒部位，反复冲洗肌肉，洗净血污，加2%碳酸氢钠浸泡24小时，经检验鉴定合格后方可销售，其加工废弃物应销毁。

因为每年春季是河豚的产卵季节，这时河豚的毒性最强，所以，春季是河豚中毒的高发季节。早在苏轼的《惠崇春江晓景》一诗中，就有这样的诗句："竹外桃花三两枝，春江水暖鸭先知。蒌蒿满地芦芽短，正是河豚欲上时。"

我们坐下没几分钟，一位穿黑色制服的小姐就敲门送茶送菜进来。

第一道菜是河豚皮做的小菜，口感和海蜇皮差不多；第二道菜是河豚肉做的生鱼片，肉质很有韧劲；第三道菜是炸鱼肉块，有点像肯德基的炸鸡块，细品有点像牛蛙的口感；第四道菜是涮河豚，带骨头的河豚肉在盘子里还动呢！有意思的是，涮河豚的锅是一种特殊的纸做的，一大张好像浸过蜡的纸巾，放在一个竹编的网眼很大的小筐内，放在电磁炉上，就成了涮锅。

白纸锅里只有水和一片海带，日本人称海带为昆布。涮锅开始前先把昆布捞出来，昆布只做调味品，不食用。然后，放入带骨的鱼块煮上6~7分钟，鱼片煮2~3分钟，其他蘑菇、豆腐等菜根据自己的喜好料理。每道菜都配有不同口味的调料和小菜，前几道菜吃得冷清些，加上外面阴雨连绵，房间里似乎有点冷，小外孙接连打了两个喷嚏。等火锅一开，室内立刻热气腾腾，白雾缭绕，吃河豚吃到了高潮。第八道菜是河豚粥，把涮锅里的残渣去除，加入鸡蛋、米饭及调料做成粥。这粥好吃极了，鲜香绵软，我们每人都喝了好几碗。最后是一道甜点——冰激凌。

日本人为什么吃不胖

在日本的这些日子里，我几乎每天都要在外面吃一顿便餐，每周都要品尝一道美食。有一次，我在松屋快餐店买了两份快餐和两个饭团。女婿嫌我们吃得没有档次，几次让女儿领我去像样的餐馆吃饭。品尝美食是好事，我不反对，但我更赞成多尝些日本街头小吃，领略日本平常人的生活。

令我惊奇的是，就是一块小小的饭团，简单到只有一层塑料包裹的食品，但上面把生产日期、保质日期、内容构成、所含热量一一注明，让你吃得明明白白，及时把握进入体内的热量，不至于食后再减肥。甚至精细到说明打开小饭团包装的三个步骤，都画在那张小小的塑料包装皮上。

女儿家楼下不远处有一家拉面馆，里面的东西非常便宜。拉面480日元一碗，我要的荞麦凉面，日本称为Soba，才300多日元一盘。但他们的吃法挺有意思，不像中国人吃凉面，把凉面配料尽量搅拌均匀再吃，而是把调料配在一个单独的小罐子里，夹起几根面条，在小罐里蘸点调料，直接送入口中。味道有多种多样的，任你自己选配。日本人的这种吃法有一大好处，就是可以少吃油盐，避免糖尿病及许多心血管疾病。但这种便宜的饮食只能在店内吃，不允许外卖或打包带走。在吃饭的过程中我发现，无论是大块头的男性，还是身材娇小的女性，几乎都是一碗面打住，很少看到那种胡吃海塞的场面。

有报道说，日本人的平均寿命为83岁，世界排名第一。我认为，日本人长寿的秘诀之一在于日本人的饮食清淡和对热量的控制。

日本人的饮食习惯以鱼、虾、贝等海鲜品为烹饪主料，并有冷、热、生、熟各种食用方法。日本人讲究食品营养学，讲究菜点的色泽和形状，口味多为咸鲜，清淡少油，稍带甜酸和辣味。日本人爱吃鱼以及各种海味、瘦猪肉、牛肉、鸡、鸭、鸡蛋和各种野生禽类及青菜、豆腐、紫菜，但不吃羊肉、猪内脏及肥猪肉。日本人很讲茶道，餐前餐后都喜欢喝茶，特别喜欢喝清茶。

根据国际肥胖问题小组最新的统计数字，在发达国家中，法国妇女的肥胖率是11%，美国是34%，日本只有3%，是最低的。此外，日本妇女的平均寿命是85岁，也是最高的。

有人评价说，中国人是用嘴吃饭，日本人是用眼睛吃饭。因为，中国人饮食讲究“色、香、味”，而日本人则改了一字，他们在饮食上追求“色、形、味”，虽一字之差，反映在体内环境上则大相径庭。目前，国人的饮食观念也发生了变化，越来越多的人认识到清淡饮食对身体的益处。随着人们思想认识的提高，健康水平也会得到相应的提升。

在日本，如果晚上要去哪家有名的餐馆吃饭，必须早点预订，否则很难保证座位。东京的餐饮业晚上特别火，一般的特色小吃店晚上也是门庭若市，灾后的东京繁荣如往昔。据说，日本人，尤其是日本的男人，下班后都喜欢在外面和同事一起吃点喝点之后再回家，说是为了密切关系而为之，不然，就会成为不合群的另类。这一点很值得研究。

曾经有过调查，在家人、朋友、公司之间，按照重要程度排序，中国人自然是家人、朋友、公司；美国是家人、公司、朋友；日本人则是公司、朋友、家人，理由是，人生大部分时间都在工作中度过，一定要和同事们搞好关系。

女婿说有家螃蟹店很有特色，周六的中午，我们一起去了这家日本有名的道乐螃蟹店。我们每人选了一份6400日元七道菜的螃蟹套餐。品尝的第一道菜是螃蟹拼盘，有帝王蟹、松叶蟹和毛蟹；第二道是螃蟹刺身；第三道是螃蟹纸火锅；第四道是奶汁烤蟹；第五道是螃蟹寿司；第六道是螃蟹清汤；第七道是甜品。

这里的螃蟹不仅味道鲜美之极，而且吃螃蟹的餐具也精巧实用。他们这里上的每一道螃蟹，事先都经过加工，把坚硬的蟹壳蟹腿敲碎，方便食用。然后配有一次性蟹具，其形状如同一支竹制的筷子，一头尖尖，一头弯扁，吃起螃蟹来非常灵便。可以说，在这里吃带壳的螃蟹，是世界上最文雅的吃相了！

日本和牛的肉质香软细绵，红白相间，看起来很像大理石的花纹。我原来以为和牛的“和”是河水的“河”，生长在河水里的牛，也就是水牛的意思。今天我们来到位于银座的木曽路餐馆，品尝日本的涮和牛火锅时，我才知道和牛就是日本牛，日本为大和民族，所以，日本牛称和牛。据说这种牛的生长过程是很幸福的，听音乐、喝啤酒、精饲料、早晚散步，使牛长出很多脂肪。我们非常关心和牛的产地，了解到今天的和牛是宫崎地区的，保证没有核污染，才敢放心食用。

和牛比其他牛肉要贵上10倍，一份澳大利亚牛肉才400多日元，而一份和牛肉则要4000多日元。日本自己的农产品要价都很高，而进口的东西价格反倒很便宜。从日本回国的不少人都知道，在日本买的很普通的商品，只要到了中国价格都要翻倍的。

正宗的怀石料理

在热海的大观庄温泉度假酒店，我们品尝了一次正宗的日本怀石料理。饭前要换上简易和服才能到餐厅用餐。用餐的地方是个大餐厅，宽敞明亮，高贵典雅，几扇带有高雅画面的屏风，隔出几个单独的空间。偌大的餐厅只有10张餐桌，我们一家3个座位还专门配了一个婴儿床，被安排在大餐厅最里边的一个区域。

晚餐品尝的是典型的日本怀石料理。日本人称餐单为献立，晚餐称为御夕食，下面还标有日期——平成二十三年文月。

第一道菜是食前酒：大观庄温泉度假酒店自制的梅酒；第二道菜是小钵：枝豆豆腐；第三道菜是酒肴：寿司卷、新山桃、松风、奶酪、长芋胡麻味噌、川海老；

品尝正宗的怀石料理

第四道菜是向付：各种生鱼刺身、龙虾刺身、贝类刺身等；第五道菜是椀盛：百合根真丈、蛇目瓜、早松茸、玉子素面、柚子；第六道菜是焚合：蛸柔煮、石川小芋、冬瓜、印元、针生姜；第七道菜是烧肴：烤鲇鱼、才卷海老、青唐、棒生姜、丸十煮；第八道菜是相肴：陶板烧牛肉；第九道菜是酢肴：小鲷卷、蟹安平、寄菜、酢取茗荷；第十道是菜御饭：穴子饭、系切玉子、系海苔；第十一道菜是留椀：味噌仕立；第十二道菜是香物三种；第十三道菜记不清了；最后一道是水果：猕猴桃、柚子、苹果和西瓜。落款有大观庄料理长北野腾敏的签名和大观庄的印章。

餐厅的服务员大都是50多岁的女性，利落干净，化着淡妆，服务非常热情周到，每上一道菜她们都要报上菜名，介绍食用方法。见我的小外孙睡着了，服务员又专门跑到服务部，找来干净的浴巾给孩子盖在身上，让人感觉宾至如归。

什么叫怀石料理？望文生义，难道是怀抱石头吃饭？

据资料介绍，怀石料理，最早是从日本京都的寺庙中传出来的。一些修行的僧人在戒规下清心少食，吃得十分简单清淡，但有些饥饿难耐，于是想到将温暖的石头抱在怀中，以抵挡些许饥饿感，因此有了“怀石”的名称。演变到后来，怀石料理将最初简单清淡、追求食物原味精髓的精神传了下来，发展出一套精致、讲究的用餐规矩，从器皿到摆盘都充满禅意。

新一代的创意怀石，延续原味烹调的精神，却打破了过于讲究的传统怀石作风。首先，在出菜顺序上，传统怀石必有的7点前菜（7种繁复做工的小菜）、椀盛（带有汤汁的手工料理)、生鱼片、扬物(炸品)、煮物、烧物及食事(饭或汤),过去一定得照顺序上菜;新派怀石料理则谨守先冷菜再热菜的顺序,不坚持何种料理先出菜,让师傅更能灵活调配菜色。

其次,烹饪风格也跳出传统日式调味,加入欧式料理风格,如欧洲香料牛膝草,就可以运用在海胆泥的调味,以及牛肉、干贝的调味酱汁中;意大利白酒则可以加入梅子酱中,或加在枇杷中做成美味配菜;甚至直接以意大利红酒醋调味,呈现欧日结合的创意怀石新潮流。

不少日本人认为,要品尝纯正的日本传统美味,只有到京都的老店内,一边观赏美丽的庭园,一边享用茶怀石料理,才称得上地道。怀石料理追求由食器、座席、庭园、挂轴画、花瓶所塑造的空间美,加上熟练的技术,这才是日本人所说的"日本料理的精髓——茶怀石料理"。

以"春季茶怀石"料理为例,包括生鱼片、大酱汤、白饭,用完后再端出的是煮菜、烤食。茶怀石料理是三菜一汤。现在通常又多了一道小菜叫"寄放钵"。用完了汤、饭,可饮一杯清酒。再进"寄放钵",并以"洗筷"清口后再干一杯清酒。小菜"八寸"亦不可缺,"强肴""酒盗"等山珍海味更可助长劝酒风情。然后是端上"汤斗"和香物,配上泡饭结束饭局。之后进入主题"茶席"。主人将珍藏的茶具拿出来泡茶,客人边把玩茶具边进入话题。茶怀石料理是与茶道配套的。因为空腹饮浓茶会使人感到不舒服,所以为了达到愉快地饮茶,需要适度地填饱肚子。

此外,茶道的礼仪在很大程度上影响了茶怀石料理,将人们带入一种追求美的氛围,而茶道心境的舒畅更增加了这种餐馆的味感。在各类日本传统料理中,怀石料理的品质、价格、地位均属最高等级。不少日本人认为,品尝清淡可口的四季怀石料理的同时,可获得超脱的心灵空间。

怀石料理早期称为会席料理,发展至后期以"怀石"取代"会席",料理形式也逐渐与会席料理有所区别,并在不断发展下,俨然成为高级日本料理的代名词,得到上层人士的喜爱。

怀石料理"不以香气诱人,更以神思为境"。日本料理注重新鲜,其中更以怀石料理为上乘。其每一道菜都是在客人点餐后,才开始现时制作的,更加体现了料理的新鲜度和口感。因为是现制作，所以客人在点餐后一般需要等上一段时间。通常情况下，点餐后到第一道菜的上菜时间是10~15分钟，每类菜之间的过渡时间是5~10分钟。因此，客人在等餐时需要保持平静的心态，勿以烦躁之心进食而败坏了怀石料理的神思之境。由于怀石料理沿袭禅宗意境发展而成，也因此得来了“净心料理”的美称。

★ 揉得樱蕾灿若霞——日本感悟

2005年3月，正是樱花绽放的时节，我又一次踏访日本。

回想起1985年3月，也是日本东京樱蕾初现之际，我随中国青年代表团一道首访日本；与这次正好相隔20周年。两访日本，同行的人不一样，踏访的内容和行程也不一样，但人的心情一如明媚无限的春光——前一次与国事相连，豪迈；这一次与家事相济，幸福。

大儿子杨熹微特邀我和他妈妈参加他的博士毕业典礼。他留学日本东京工业大学，攻读建筑设计专业——据说，这个专业的尖端师资和尖端成果，全日本数东京工业大学排名居首。这次的旅行是一个机会，我们可以亲身感受一下日本一百多年来教育立国的国策延续至今的现状，以及日本毕业典礼的氛围和特色。

东京的春天常常春雨连绵，有时甚至大雨如注。到东京的第二天，空中就飘起了小雨。3月28日是东京工业大学学士、硕士、博士三个层级的毕业生同时举行毕业典礼的日子，谁知一早起来，天空满是阴霾且细雨霏霏，但并没有妨碍我们前往学校的兴致。

东京工业大学是一座百年老校了，有人说，在建筑设计专业教学方面，其水准超过中国的清华大学。

毕业典礼在东京工业大学集会厅举行。提前到达的学生的亲友们，黑压压地几乎坐满了观礼席，举目四顾，除了分不清是日本人还是中国人的黄皮肤、黑头发外，也有一些金发碧眼的白人，以及头发卷曲、一身黑色的黑人。大家都在静候庄严的毕业仪式的开始。我也一样，虽然目视前方的主席台，脑子里却翻腾着我年少时代的求学历程。因为当初家境贫寒，我小学只上了5年，毕业时根本说不上有什么毕业典礼，初中只上了一年半，因交不起3元5角的学杂费而中途辍学，以至1958年14岁那年就参加了工作。

我这个终身未曾亲历过毕业典礼的人，虽然2000年7月我和妻子在清华大学陪小儿子杨征路看他戴着当时的学士帽照相摄像时，我也好一阵喜悦和激动，但毕竟我们未曾进入他毕业典礼的礼堂内。这一次完全置身在那么多人翘首以待毕业盛典的现场，看到大儿子身着博士学位服、戴着学位帽，从东京工业大学校长手中恭恭敬敬地接过建筑设计专业博士毕业证书，又向导师深深鞠躬的一刹那，我的鼻翼发涩了。此时此刻，此情此景，我儿时曾无数次幻想能够出国“留洋”，曾无数个夜晚幻想能够戴上哪怕是学士帽，而这些幻想，今天终于就在我大儿子身上变成了现实，又是在这异国他乡，在这黄、白、黑各色人种齐聚的大礼堂之中。

东京工业大学校门前

日本是一个教授治校的国家，大学行政管理部门的行政权力很明确、有限。行政机构的几乎所有工作，都是纯粹围绕教学和教授进行的，完全为服务性质的工作，因而无论日常教学活动，还是今天这样庄严隆重的场面，唯有教授才是中心人物，才是核心角色。由此联想到日本自明治维新开始教育立国，而今成为世界科技发达国家，也就易于理解了。

毕业典礼结束后，我们一家四口——老两口和大儿子加上正在东京大学攻读计算机软件专业博士学位的小儿子杨征路，齐聚在东京工业大学校门前，又加上喜欢凑热闹的绵绵春雨一起，留下了一幅值得纪念的合家照。

在河又美由纪家“民宿”

1985年3月，我随中国青年代表团访问日本，有一项内容是中方客人分头到日方一些家庭去“民宿”一晚，以深入了解日本百姓和日本青年的日常生活。我和另一位团友陈坚，被安排到千叶县一位叫河又美由纪的女大学生家里，去和她的家人见面、聚餐、夜宿和聊天。美由纪专程从千叶县赶到我们下榻的新大谷饭店二层会议厅，和中国青年代表团的团友们见面。

美由纪在大学里专修汉语课程，因此同我们交流一点儿语言障碍也没有。1984年秋，她作为3000名日本青年代表中的一员，曾经访问过中国，因此对中国和这次来访的中国青年代表团，有一种特殊的感情。美由纪说，从这里到千叶县她的家，要来回倒换几次地铁和轻轨，单程就得近两小时！我和陈坚比她还高兴：来到日本之后出去活动，天天坐的都是大巴，今天能同这位日本姑娘体验日本的地铁和轻轨，真是个难得的机会。

一路上，我们和美由纪聊着天，目光更多的是观赏东京及千叶县的街景。尤其轻轨两边的日式建筑和民居，让我们充满好奇。凡有特点及纪念意义的景致，美由纪都主动向我们介绍和讲解。下得车来，穿过几条街巷之后，就到了美由纪的家，还没来得及按门铃呢，美由纪的父母就迎了出来。我们猜想，可能两口子等我们太久了，又焦急又兴奋又担心，说不定早就趴在窗户边望着他们的闺女和我们呢！

美由纪向她父母介绍了我们，又向我们介绍了她的父母。换上拖鞋进得屋内，稍作洗漱后，大家盘腿而坐。桌面上是香喷喷的饭菜和饮料，桌底下是一床薄薄的电热毯覆盖在我们的膝盖上，因为3月的东京乍暖还寒，特别是到了入夜时分。我们就像远方归来的亲人一样和他们一道就餐，充当翻译的美由纪，让我们之间聊得又轻松又愉快。

交谈中得知，美由纪的爸爸是一位技术娴熟的木工，妈妈在一家超市工作。说到这时，美由纪说：“我也是超市的临时工，需要用钱了，或者为了换换脑子，我就到超市里去打几个小时的工。店主按小时计酬，我1小时可挣1000日元。”当时（1985年）按汇率10000日元相当于108元人民币。说得再具体一点，当时60000日元，即相当于600多元人民币，可以买到1台20英寸的日立牌大彩电——当时这可是中国人心目中的奢侈品。我们暗中计算，如果美由纪一天打工4个小时，就是4000日元，她若一个月中有20天每天打工4个小时，总收入80000日元，就可以购买一台20英寸的日立大彩电，还有盈余……由于话题广，又有美由纪翻译，所以大家聊得忘记了时间。

美由纪的妈妈早已将电热水器中的水烧热，让我们睡前痛痛快快冲个澡，又为我们每人准备了一套白底深蓝格的睡服，沐浴后睡在暖融融的被窝里，那种温馨感同在家里没什么两样。第二天一大早，美由纪领我们到她打工的超市，后又带我们逛家电商店和街边小书店，所到之处我们感到商品丰富多彩，而购物的人寥寥无几。不管你是否购物，店里男女服务员总是面带淡淡的笑容，亲切而又自然。早饭后，主人和客人一起在房前合影留念。大家相处才一夕一朝，相互间竟然依依不舍。美由纪的妈妈眼圈都红了，弄得我们连连劝慰，邀请他们全家有机会到中国、到我们家去做客。

两个井上靖

日本民众中，对中日间那段不愉快的既往史所抱的态度，使人感受到了某种深沉的东西；日本名流中，对中日两国之间的将来，又抱何意向呢？我们亲历的两个井上靖的故事，很值得人回味。

3月10日那天，京都的洛西、伏见、洛东、洛北日中友好协会在京都大饭店举行宴会。江苏省青联副主席陆军是个热心人，听说日本文学巨匠井上靖出席了当天的宴会，便在各个席间寻找。井上靖被人称为“日本的郭沫若”，声望很高，已经在日本建起了井上靖文学馆，世界文坛也都知道他的大名。这样一位名家，我们求见之急切是可以想见的。一会儿，陆军急匆匆地跑过来对我说：“泉福，找到了，找到了，我找到井上靖先生了！”

陆军同我一起见了这位井上靖先生，只见他西服革履、气宇不凡，几句寒暄之后，我就同他切入主题，主动谈起了有关他本人的话题——我曾经仔细拜读过井上靖所著的一本中文名人传记《杨贵妃》。据我所知，在当时，国内外还没有人写过杨贵妃传记之类的文字，于是我常常深深感叹：偌大一个中国，那么多的学者、文人、作家，竟没有一个人为杨贵妃作传！我不无尊敬又略带探询的口气问道："井上靖先生，你的《杨贵妃》一书，写得实在太好了，让我拜读后对杨贵妃有了一个完整的、立体的认识。你写作此书之前，去过杨贵妃的老家——中国陕西西安吗？"身旁的翻译将我的话译述给对方时，对方一脸茫然。他通过翻译向我解释说，他从来没有写过《杨贵妃》，甚至从来没有写过任何一本书。我们立即悄悄从侧面了解，原来这位井上靖是工商界的一位代表人士。于是，我们很快结束了这场虽然友好却谈不到一起的对话。

分手后，我们马上找到随团翻译冯爱珠，向她描述了刚才的情景。冯女士说："我见过井上靖，不像你们描绘的那样。"那好，干脆请冯女士带路，我们很快找到了想要找的井上靖先生。按事先商定的，由冯女士将我们刚才的莽撞描述了一遍，讲述中自然不无敬意和歉意。井上靖听了笑着说："你们找到的井上靖有两个，但不论哪个井上靖，对中国的感情都一点儿也不假！"

一番亲切交谈，几轮推杯问盏之后，我们邀井上靖同我们一起照相，他高兴地应允，在摄影师按动快门前，他真诚地说："我们靠近些，亲热些。"井上靖的热情强烈地感染了我们，我一手搭在云南省青联主席陈坚的右肩上，一手搭在井上靖先生的左肩上，留下了一张亲亲热热的照片。我请井上靖先生对中国青年写几句话，老人高兴地要过我的笔，在我的小本上写道：

能和中国青年代表团的朋友们见面，我感到非常高兴。我认为所谓"青年"的意思，是从精神和年龄上来说的。我和大家一样年轻，也准备在21世纪为日中两国的友好、为世界的和平而奋斗！

中国青年万岁！

井上靖

1985.3.10

亲历爱知世博会

说来也巧，我们到达东京的第三天，即3月25日，正是日本2005年爱知世博会的开幕日。爱知世博会从3月25日开始到9月25日结束，期间将有121个国家和地区以及4个国际组织参展。

4月1日一大早，我和老伴，还有陪伴我们的大儿子以及他的一位同行好友，从东京搭乘直奔爱知县名古屋世博会会址的直通高速列车，只1个多小时便到达了目的地。

爱知世博会在名古屋市东部丘陵，即长久町、丰田市和濑户市的交会处举办，以“自然的睿智”为主题，呼吁人类善待环境、保护环境，实现人与环境的和谐共处。世博会总体冠名为“爱・地球博”。“爱”，除了寓意主办地爱知县的“爱”以外，蕴含更深的是“爱”与“地球”，即人类如何实现与地球这个生养人类的自然环境的和谐共生，这也是21世纪人类最为关注的一个话题。这在以“自然的睿智”为主题的世博会会场的方方面面都得以充分展现。给人印象极深刻的是，爱知世博会使用了参展的一百多个国家和地区的多种语言，全方位地阐释了大自然的睿智。

长久手会场占地不到2平方千米，是以爱知青少年公园原来的自然地形地貌和设施为主体搭建的。从瞭望台上，人们可以看到它的全貌。会场中心是依地形建成的一个不规则圆弧形空中回廊主通道。为了不破坏原有的地形和环境，这个空中回廊就由长短不同的下脚架支撑。这样，虽然各展馆因地形位置的高低分布并不规则，但顺着空中回廊这个主通道前行参观，位置方向非常清晰，想迷路都难。虽然下方地形高低起伏不平，但在全木地板铺设的空中回廊上行走却非常平整宽敞。这个空中回廊像是几根彩带，将各国的展馆、企业馆和各国际组织馆这些五彩缤纷的珍珠串联了起来。

空中回廊的中心是“世界广场”，广场面积约1.4万平方米，中央草坪部分座席可容纳约3000人。广场正面设有宽150米的垂直绿化的“生命之墙”，它喷出雾气，展现由发光二极管构成的光之舞蹈。“生命之墙”前方设有舞台，后面是宽20米、高8米的大型影像装置——“世博幻影”，这是爱知世博会举办时日本国内最大的室外屏幕，达840英寸。“生命之墙”前方的舞台上，包括正式参加国的国家主题日活动和地方公共团体等的演出活动。其他各种精彩演出也都在这里轮番上演。

爱知世博会的国际共同展区按亚洲、南北美洲、地中海沿岸国、欧洲、非洲、东南亚及大洋洲划分为7个展区。在这里，你可与世界一百多个国家和地区的人们见面，亲身体验用不同的文化阐释的“自然的睿智”，以及“宇宙、生命和信息”“人生的‘手艺’和智慧”“循环型社会”这三个副主题。如果说地球村是个抽象的概念，那么这样的场馆设计应该说能够把这个概念阐释得淋漓尽致。

中国馆是最大的国外展馆之一，以“自然、城市、和谐——生活的艺术”作为主题，意在倡导自然与城市的和谐共生，探索自然与城市和谐发展的途径。“生命之树”主造型利用古老而独特的宣纸制造工艺，结合现代影像投射技术而形成。特别为此次世博会成立的中国民乐女子组合乐队，成员全部来自中国中央民族大学音乐学院。身着民族服装的少女们，在“生命之树”之间演奏中国民族乐曲，在光影、声音的变幻中营造天地万物怡然共生的氛围。

此次世博会，中国馆以全新的概念诠释了中国文化和中国精神，借助当代的艺术视野和技术手段去展现中国馆的境界。从中国馆的展示空间和视觉冲击力上讲，这已不再是传统意义上的展览。其概念和样式，也不采用说教式的被动型展示，而是一种全身心、全方位的感悟。观众可以身临其境，体验和感受中国精神和中国文化的大型装置艺术品，也可以说它是一座硕大的空间艺术场。

由于此次爱知世博会的所有国家馆均由日本政府按统一模块建造并免费提供，所以中国馆的创意设计和空间受到限制，许多创意之初大胆的设想和概念便难以实现，特别是中国馆的外观造型受影响最大，因而重点的创作任务落到了中国馆的内部展示上。中国馆的里外以及整体均是感悟中国馆的主题和理念：“自然・城市・和谐・生活的艺术”。理所当然，阳光、空气、水和中国符号成为中国馆设计的主要元素。

孔子曰：智者乐水，仁者乐山。老子也言：上善若水。水在中国文化中成为永恒的艺术符号，成为自由自在的生命欢愉的象征。

中国馆的整体设计灵感正是来自于中国传统文化精神“天人合一、回归自然、尊重自然”的意境。设计师们大胆设想，精心设计，在整体构思上运用科学的双曲螺线原理构成了一个运动、立体、开放的空间，仿佛荷叶上的一滴露珠在阳光的映照下滴落到静止的湖面，刹那间形成的涟漪被静止、凝固在展馆中，美轮美奂，意味深长，体现着生生不息的传统人文哲学。

日本馆的设计理念既古朴亦现代。当我们从中国馆漫步至日本馆时，只见场外排队的队伍至少蜿蜒长达300米，让人望而生畏。打退堂鼓返回东京吧，于心不甘；排队进馆吧，不知要多长时间。但既然来了，岂能轻易折返？我站立的时间长了，尾椎针刺似的又疼又酸越来越难受，妻子、儿子见状，劝我就近席地坐上歇一会儿，如此一会儿站一会儿坐，一会儿坐一会儿站，直到日落时分，我们终于挨到了日本馆入口处。

日本馆是馆体最高、馆形最大的一座展馆。外观看上去好似中国乡间一座被数十倍放大了的露天谷仓，整座场馆全用非规则的天然材质建造，茅草盖顶似的大棚原始得不能再原始。进到馆内，我们乘坐在一个全透明的可环视360度的玻璃舱内，仿佛置身于一座万米高空之上的太空舱里，茫茫天际一会儿艳阳高照，一会儿繁星闪烁，天幕四周深邃无涯。同声翻译的中文讲解员介绍说，大自然赋予我们无数的奇观、奇景和奇迹，各位不仅可以尽观空中奇景，而且一会儿还要尽赏海底的奇特、奇貌和奇异。说话间，玻璃舱突然垂直沉入海底，人们吓得大声惊呼。然而海底世界的多种动物、植物活生生地和自己零距离接触时，那种视觉、听觉上的巨大震撼力和冲击力，用语言实在难以描述。苦苦排队一个多小时，但只此一瞬我便觉得：来这一趟，等这一遭，值！

其他各个场面，无不用鲜活多样的物语将古典原貌与当代科技水乳交融，无不生动地体现人们对山峦、原野、湖泊、森林、草地等自然环境的无比珍视。后来得知，爱知世博会结束后，所有建筑一概撤除，爱知青少年公园的地形地貌都恢复到此前的状态，好像世博会压根儿就未曾在此举办过。当时当地，后来后续，我反复感悟着日本对自然的无比尊重和珍惜，我一次又一次回味着当初那个让人耳目一新的著名论点——“环境友好型社会”。这一崭新的环保理念，由日本首先创立和提出，并被世界各国所接受和弘扬。

日本人心目中的樱花时节

日本的国花樱花，每年3月初至4月中由南而北渐次绽放。哪里樱花成片，哪里就是人们赏樱的美好时节。儿子告诉我们：从这一两天开始，东京四处的樱花就要相继盛开了，请老爸老妈到那些樱花盛开最密集的地方去，看看大家是怎么欢迎樱花盛开的。

一天上午，大儿子受当初他就读研究生时的老房东柴田光夫先生组织的赏樱会委托，邀请我们老两口参加一家慈善机构“罗得利”的聚会午宴。儿子说，这是一拨由律师、医生、企业家等行业精英人士组织的慈善活动。每逢星期三中午，他们都要在一次午宴中相聚，席间由特邀而至的一位主讲人，即相关大学推荐而来的留学生，就他所研究较深入的某一专题发表演讲。大儿子攻读建筑专业博士期间，曾受邀临会就大自然与环境建筑学为主题发表演讲，深得大家好评。听讲人中，有一个由两位专业人士、一位社会名流组成的三人评判组，根据演讲学生的专业演讲水平、专业实用价值及专业学业发展前途等综合考量。如果被评判组判定合格，通过相关的严格程序，即对获得认可的研究生予以资助。

柴田先生是东京房地产界的知名企业家，虽经房地产泡沫破灭后经济饱受损失，但“瘦死的骆驼比马大”，他的财气和人气依然不凡。那一天适逢他值班“罗得利”主持人，当进行到捐款时段时，他捧着一个纸质捐款箱，笑容可掬地走到每一位先生和女士面前，鞠躬致意，就像东京街头一位极普通的老头，面带谦和之容，而每一位男士或女士都手持数额不等的日元现钞，投入柴田先生怀抱的捐款箱中。这些募捐到的款项，全部通过既有的规范程序，用于扶持就读日本各大学的外国留学生。此情此景让我不胜感慨。大儿子对我说，日本人民对中国人民的友好是真诚的，是发自内心的，他们每周捐款一次，全无功利之心。

上野赏樱会的第二天一大早，我们前往儿子住家附近的新宿御园。这座公园成片成片的樱花树林，比头天我们所见的上野公园的樱花好像更有气势，更显规模。成片的浅红的、暗红的、紫红的樱花，锦簇团团，幽香阵阵袭人。每一片樱花树下，都有成堆的人，在那些铺展的塑料布上，或一边喝着饮料，一边开心地交谈；或端

灿烂樱花

着自己的相机，连连为樱花拍照。据说，有的人干脆支起小帐篷在樱花树下过夜，用手电或其他光照设备，观察和拍摄樱花在夜幕中的万千睡态……

惹人春风心如醉，揉得樱蕾灿若霞。有天我们从游览新大谷饭店花园归来的途中，路过一条长长的大堤，堤上连绵不断的樱花树下，全是一些或端坐或躺卧的人……我在思忖，除了好的心情，他们怎能有这么大把的时间，昼夜守候在樱花树下呢？日本人对樱花的爱，到了难以言表的程度。也许在日本国民看来，如此韵味的樱花，是大自然的恩赐吧！他们观赏樱花，品味樱花，也是对大自然的一份感恩，一份回馈吧！

（杨泉福注：借此丛书合作出版之际，本人当初的4篇散记在此一并刊发，因此口吻区别于其他文字，特予说明。）

Chapter 2

山是眉峰眼波横

越南散记

那是2000年的夏天，我们转道经东兴去越南游览，同行的有8人。

早饭后，我们从南宁出发，经大约3个小时的车程到达东兴。毕竟是第一次出国，虽然只是邻国，但心情还是很期待的。

越南于10世纪后开始建立封建国家。1884年，越南沦为法国的“保护国”。第二次世界大战中又被日本侵占。1945年宣告独立，成立越南民主共和国。同年9月，法国再次入侵越南。1954年，越南北方获得解放，南方仍由法国统治。1975年5月，南方全部解放。1976年7月，越南南、北方实现统一，定国名为“越南社会主义共和国”。

广西东兴市位于我国大陆海岸线西南端，是广西乃至中国通往越南以及东南亚最便捷的通道。东兴口岸位于北仑河与越南哥龙河交汇处，距离著名的越南芒街口岸只有100米的距离，是我国唯一与越南海陆相连的国家一类口岸。

出了口岸，步行通过中越友谊大桥，跨过北仑河就到了越南的芒街。桥的中间用油漆画着红白相间的线条，那便是国界线。

芒街，是架起中越友谊的桥梁城市，与中国广西边境城市——东兴市隔河相望。北仑河上来往穿梭的船只、宽阔笔直的中越友谊大桥、顺畅而繁忙的芒街以及欧陆风情的芒街民宅，构成了边境城市的独特风景。这里的边贸生意非常活跃，往返交通十分便利，每天都有大量中国游客涌入芒街。

去越南旅游是爱国主义教育

接团的越南导游辛苦地等了六七个小时，还是乐呵呵地迎接了我们。他姓黄，但发音却是“王”。尽管他是学中文的，还在北京进修过中文，但说汉语时还是不够自然。他说，越南和两广一样，“黄”“王”不分。

导游讲，在越南喝水、上卫生间等都要收费，所以，还是有必要换点零钱。一般来说，一瓶矿泉水要1000越南盾；上一次厕所要3000越南盾；一个水果也得3000越南盾。所以，我们过境后，首先是换钱，1元人民币可以兑换2000越南盾。

我们一行人被塞进一台小面包车里，司机就是黄导。在坑坑洼洼的马路上颠簸前行。黄导很幽默，一路讲笑话。面对路况的尴尬，他说，凡来越南的外国游客，都能享受道路的免费按摩。他先为大家唱了一首歌《中越友谊之歌》：“越南中国，山连山，江连江，清晨共听鸡高唱……中越友谊像东海，同一情，同一意，情深义重，人民世唱——胡志明，毛泽东。”这首中越友好时代的歌曲，我们耳熟能详。

车外气温起码在35℃以上，车外烈日炎炎，车内挥汗如雨。我的同事景智，人高马大，蜷缩在车厢的最后一排，热得汗衫全部湿透，干脆脱了上衣，汗水还是不停地流淌，把大毛巾都湿透了。他不时向窗外拧毛巾，馊味弥漫了整个车厢。

仅一关之隔的东兴，在国内算不上富裕，但与越南相比，真有天壤之别。踏上越南的国土，就感到脏乱差。马路上奔跑的汽车很少，车过之处尘土飞扬；满街乱窜的是又小又破的摩托车，摩托车司机们光脚穿拖鞋，头戴绿盔帽，开着满身泥浆的“摩的”载人载物；马路两边的房子低矮粗糙，楼房不过三两层。这里很像中国一些落后的村镇。

“百花春城”——河内

早晨7点钟，我们在酒店用早餐。每人限量一碗粥，两个米粉饼，一碟小咸菜，一个鸡蛋。然后，开始了越南首都的游览。

首都河内历史悠久，曾为越南封建王朝的京城。河内的名胜古迹较多，被誉为

“千年文物之地”。城市地处亚热带，四季如春，百花盛开，素有“百花春城”之称。

河内虽说是越南的首都，但在我们眼中，绝对缺少国际大都市的气派。城市建筑物不少，但现代高层建筑不多；市内绿化不错，但规划管理较差；几条比较宽阔的主要街道，几乎全被摆摊的小商小贩占领；的士、公共汽车稀少，摩托车遍地飞奔。

游览的第一站是胡志明故居，也称主席府。

主席府位于雄王路上，巴亭广场的北面，与胡志明陵仅隔数百米之遥。主席府是昔日法国占领时期总督府所在地。整座建筑雄伟，具有法式风格。

胡志明故居位于主席府内，是一座用越南名贵木材建起的木结构高脚屋式建筑。外墙呈黄颜色，屋高两层，上层是胡志明的办公室兼卧室，下层是会议室。胡志明在世时，越共中央政治局的会议多在这里举行。

胡志明故居对游人开放。故居内陈列有主人使用过的老式电话、打字机、军用地图及主人阅读过的马列著作等。整个故居陈设简朴，反映了主人清正廉洁的一生。

据说，除了美国和俄罗斯领导人到访外，在主席府接见任何国家领导人到访时，游客都可正常在主席府参观。除了一条象征性的临时拦在道路上的软线外，没有任何警戒设施。周围的警务人员也是屈指可数。

瞻仰胡志明主席遗容

游览的第二站是巴亭广场。

巴亭广场是越南的政治中心，位于雄王路上。广场面积宽阔，可容数十万人集会，越南国庆节及重大节日集会及阅兵式均在此举行。

广场四周，有胡志明陵、主席府，越共中央和国家机关各部门多设在广场附近。广场上有翠绿的草坪，由水泥、鹅卵石路面分割成9小块。

胡志明陵墓坐落在巴亭广场西侧，陵体高21.6米，全部用青灰色花岗岩砌成。正门前有两名礼兵昼夜守护。

越南政府为了纪念胡志明主席，永久保存胡志明的遗体，决定在巴亭广场修建胡志明陵墓，以供后人瞻仰。胡志明陵由苏联专家设计，其建筑风格是列宁陵和越南民族风格的糅合，外墙装饰使用了越南名贵花岗岩和大理石，内部结构使用了越南多种名贵木材。

我们排队依次进入陵内瞻仰胡志明主席遗容。走进正门，便看见前厅墙上用烫金字镶砌的胡志明的一句名言：“没有什么比独立自由更可贵”。缓步走过33级阶梯，便进入瞻仰大厅。安卧在水晶棺内的胡志明，面色红润，仪态安详，身穿淡黄色中山装，双手放于腹前，一双橡胶凉鞋放在脚旁。水晶棺周围有4名战士守护。在柔和光线的照射下，胡志明仿佛正在安睡。

胡志明在长达60年的革命生涯中，真正做到了为祖国和人民鞠躬尽瘁、死而后已。在越南人民的心目中，胡志明是一位杰出的领袖，是越南的骄傲。胡志明逝世已有30多年，每天仍有成千上万名各阶层群众怀着崇敬的心情，前来瞻仰胡志明遗容。

中国旷世才子王勃埋骨越南

中午，河内非常炎热，在36℃以上的气温下游览，也是件很辛苦的美差。看着街头小店里摆满各种冷饮，一杯咖啡才2万越南盾（相当于人民币8元左右），一杯柠檬茶才1.5万越南盾，比中国的还要便宜。

独柱寺

巴亭广场西南有一座独柱寺， 建于1049年，距今已有900多年历史。该寺建于灵沼池中的一根大石柱上，木结构，形似出水莲花。在柱子上的寺庙，我还是第一次见到。我感叹设计者的想象力！

河内的还剑湖、文庙等著名景区，都见证了中越两国文化交流的源远流长。

还剑湖位于河内的中心区，被称为河内第一风景区，湖区四周树木苍翠，湖水清澈如镜。湖心小岛建有龟塔，塔身小巧玲珑，顶端有一颗星。湖中心有著名的玉山寺。玉山寺内供奉着关帝、兴道王和文昌帝君三圣。玉山寺门外建有一座5层石塔，塔顶状似毛笔，大门由4根笔状石柱构成，有汉字对联“临水登山一路渐入佳境，寻源访古此中无限风光”。

关于还剑湖的由来，有一则神话。相传，15世纪初期，越南后黎朝开国皇帝黎利（黎太祖）泛舟湖上，用渔网网到一把剑身刻有“顺天”二字的宝剑，后来他靠此剑抵抗明朝的军队。黎利推翻明朝在越南的统治者做了皇帝后，再次泛舟湖上，突然，一只巨龟从水下浮起。黎利用宝剑指向巨龟，巨龟用嘴含住宝剑沉入水中。于是人们相信，巨龟就是神龟，是代上天来收回宝剑，“还剑”之名由此而来。

文庙坐落在河内繁华的闹市区，建造于1070年左右，是一座典型的中国式建筑，与中国国内很多地方的孔子文庙如出一辙。文庙在河内是一个标志性建筑，里面供奉着中国的孔子及各位儒家先贤，据说它是越南第一所国学大学。文庙现有建筑大部分为17世纪李朝建造。在河内，几乎所有人都知道文庙，都知道那里面供奉着中国文化的传世大儒——孔子。

我国曾有一位旷世才子埋骨越南，他便是写出千古奇文“落霞与孤鹜齐飞，秋水共长天一色”的王勃。年仅26岁的他乘船去交趾（越南北部）看望在那里做官的父亲，突遇大风暴，全船人无一幸免。当地人建造寺庙纪念他，还把他们父子尊崇为越南的两位“福神”。

漫步于河内街头，我们可以接触到许多汉字，以及我们熟悉的饮食、用具和语言。

导游告诉我们，越南有许多和中国相同的风俗习惯及节日。

越南人供奉祖先，普遍迷信城隍、财神。一般百姓家里都设有供桌、香案，逢年过节在家中进行祭拜。

无论在言语、文化还是风土、农业和海产上，越南都与中国南方相近，尤其是在历史上中国南方人不断地迁居越南，越南也接纳了广东、云南和客家人的不少饮食传统，对中国饮食文化和中国茶文化在越南的传播产生了重要的影响，他们喜吃清淡和冷酸辣食物。越南有很多具有浓郁中国特色的小吃或小食品，像水饺、豆豉、酱油、烧卖、馄饨面、油条等，这些词语的发音与广东话几乎一模一样。

越南人吃饭也用筷子。中国不仅仅向越南传输了筷子，同时还输出了“筷子文化”，越南人拿筷子的手指、手法与中国人基本相同，使用筷子的禁忌也与中国人大致一样。在动用筷子前，一般也会像中国人一样说“请用”。

大约从东汉开始，汉字开始有系统和大规模地传入越南。到了越南陈朝以后，汉字已经成为越南政府以及民间的主要文字。此时，大量的汉字著作开始出现，最著名的就是成书于15世纪的《大越史记全书》。值得注意的是，这些以汉字写成的文章并不按照越南语的文法规则书写，也不采用越南语的词汇，而是纯粹用古汉语的文法写成。时至今日，越南文字虽然用拉丁字母书写，但其词汇里还保留着70%的汉语越音词汇。

越南有与中国几乎一致的十二生肖。越南人使用的十二生肖中，只有一个生肖与中国不同：越南没有“兔”，只有“猫”。据说，当时中国的十二生肖纪年法传入越南时，“卯兔”的“卯”与汉语“猫”的读音相似，结果“卯年”误读成“猫年”。还有另一种说法，当时越南没有兔子这种动物，因此用猫来代替。因此，中国的“兔年”，在越南成了“猫年”。令人惊讶的是，在与越南人交往时，只要你说出自己的属相，对方马上就可以根据干支循环的计算方式推算出你的实际年龄，而且几乎每个越南成人都可以做到这一点。

由于受中国文化影响，越南民间传统节日的时间和风俗，也基本和中国一样。

春节与中国一样，农历的春节是一年之中最隆重、最盛大的节日。其主要的习俗也是送灶王、备年货、逛花市、祭祖先、吃年粽、放烟花、贴春联、守岁……中国游客如果在越南过春节，一定会有在故乡过年的错觉。春节期间，还有许多的风俗讲究和传统民间活动，都能看到中国文化的影子。

越南语“清明”两个字的发音很接近汉语的“清明”。过节的时间和主要内容同中国一样，主要是祭祖、扫墓，借清明之际踏青。

越南也是在阴历五月初五过端午节，最早也表现为对中国爱国诗人屈原的缅怀。他们的主要内容是吃粽子、端午驱虫。父母会给孩子们准备很多水果和身上戴的五彩线编织的吉祥符，大人们会饮雄黄酒，并在小孩身上涂雄黄酒驱虫。越南人认为，吃粽子可以求得风调雨顺，五谷丰登。

中秋节也是越南人较重视的传统节日。中秋之夜，越南人除了吃月饼、赏月、观花灯、舞狮等，在农村，青年男女还举行对歌，即唱军鼓调。中秋之夜的越南，孩子们会拿着各种形状的灯笼，在月光下玩耍。而彩灯齐放在越南也是有传说的，这个传说还和我国的包公有关。传说，有条鲤鱼成精后害人，是包公为救民用纸扎了鲤鱼灯以镇之。所以，中秋夜孩子一般是提鲤鱼灯出游玩耍，越南也因此把农历八月十五定为越南的儿童节。

越南的“海上桂林”

离开河内，我们前往著名的风景区——下龙湾。

下龙湾是越南最大的煤矿基地，原煤产量约占该国总产量的四分之三。下龙湾就在下龙市附近，已被联合国教科文组织评为世界自然奇观，也是世界49大自然遗产之一，是越南最美的山水风光地。

我们住在下龙市一家私人小旅馆里，条件比较简陋，但还算卫生，有淋浴和卫生间。这里基本没有公家的酒店，都是一家一户像广西村镇建的那种小楼，前面窄，侧面长，4层高。

第二天早饭后，我们就开始了下龙湾的游览。面包车来到渡口，姿态万千的下龙湾山水就一一展现在眼前。我们包了一条游艇，没有闲杂游客，所以，我们不必担心行李的安全，可以尽情地享受下龙湾的风光。穿行在礁石林立、小岛星罗棋布的海面上，我们心情格外畅快，几天的忙碌好像都是为了今天的放松。

下龙湾的风光秀丽迷人，闻名遐迩。传说，古代有一群白龙从远方飞来，被这里的绮丽风光所吸引，从天上下来留在海湾里。白龙翻腾激浪，化作千姿百态的奇山异岛。据科学工作者考证，这里是原欧亚大陆的一部分海域下沉形成的自然奇观。

下龙湾海面大约有1500平方千米，早就听说“越南下龙湾赛桂林”，但我看到的下龙湾，更像海上的石林。如果非要和桂林山水相比的话，我倒觉得其壮观与奇异可略胜桂林，青翠与秀丽却远远不及。

如诗如画的下龙湾美景，让我们目不暇接。这些变化独特的海上礁石，有的一山独立，直刺苍穹；有的两峰相对，似恩爱夫妻。它们都有非常形象的名字：筷子山、

在“海上桂林”下龙湾

斗鸡山、香鼎山、风帆石、狼狗石、马鞍岛……波光粼粼的海面中倒映着青山岩礁，编织出了无尽的奇妙幻境，真是“船在海上走，人在画中游”啊！

虽然置身海上，但海面的温度仍然很高。我的一位男同事干脆光着膀子伫立船头，同时享受着骄阳似火的热烈与温柔海风的轻拂。他又高又大、白白胖胖的身躯，正好与船主又瘦又小、黑黑亮亮的外貌形成鲜明的反差。我们几位女同胞怕晒，都躲在船舱里看风景，等待中午的海鲜大餐。

盼了几个小时，等来的大餐不过是些简单烹饪的小鱼小虾小螃蟹，以及几盘青菜米饭。虽然简陋，但海鲜的口味还真是鲜美无比。吃饱喝足后，我们来到一个小岛，上岸还挺不容易，游艇晃晃荡荡，我们一次只能上一个人。

岛上有一个山洞，分为形状、规模各不相同的3个厅。外洞像一间高大宽敞的大厅，可以容纳数千人。洞底平坦，洞口与海面相接。涨潮时，小游艇可以一直开进洞口。从外洞通中洞的拱形洞口，只能容一人通过。旁边立着一块灰白色的大石头，像一头大象守卫着洞门。中洞长且比较宽敞，洞里犹如一座精美的艺术馆。

透过拱形洞口射进来的暗淡光线，照得一座座钟乳石闪现出绮丽的光彩。再通过一个螺口形的洞口，就进入长方形的内洞，这里长约几十米，宽约二十米。四周钟乳石错落有致，又自然地形成许多小洞及生动的雕像造型。

兵家必争的双仙洞

我们专程拜访了一个不算著名但很有意义的景点——谅山双仙洞。这是越南北部的一个城市，距中越边境友谊关19.5千米。

谅山有不少旅游景点，如双仙洞、二青洞、三青洞等。我们只游览了位于溪琼河南岸白岩山上的双仙洞。此山高400米，喀斯特地貌，阔叶丛林植被茂密。我们在公路边下车，向上爬百余级台阶，就看见用汉字书写的3个大字“双仙洞”。据说，越南使用字母形成越语音节文字，不过百年的历史。在古代时，许多越南文学作品和史籍均用汉字记录，大概有1500多年历史。从秦西汉至明末，中国版图中的交趾郡，就是现今越南的首都河内。现在的谅山、老街、芒街等地方，民间男女婚嫁的结婚对联，依然沿用汉字书写。

进入洞口，可见山洞正中有两尊塑像：妈祖与观音，有两个越南女人在烧香祭拜。向上攀爬来到另一大洞，洞高约4米，非常宽敞，洞中供奉的人物代表了4种教派：越南的高台教、罗马的天主教、印度的佛教和中国的道教。20世纪，这里曾经多次发生战争，成为兵家必争之地。如今，历史的硝烟已经散去，这里已经成为人们旅游的好地方。

从顶洞往下走，来到一个“S”形洞。洞有十几米高，几十米宽，近百米长。洞中阴凉潮湿，有不断滴落的水滴，还在不断生长的钟乳石有人为破坏的迹象。

越南的热带水果很多，导游推荐我们买菠萝品尝，别看菠萝的个头和颜色都不好，但口感非常好。在旅游购物景点，越南人非常喜欢收人民币，而且对中国游客的收费相当精明，他们把中国游客视为大款，稍不小心就宰你没商量。推销法国香水之类的小商贩，会死缠着游客推销他们的商品，只要你一开口就非买不可，否则，会上来一群越南人和你理论。毕竟在人家地界上，犯不上动干戈。

我们的同事对越南人的精明程度没有足够的估计，想把基本上没有使用的越南盾换回人民币，问了好些人都不给兑换，或者把价格压得极低。

Chapter 3

一路鱼龙听梵声

——泰新马散记

2008年12月24日，我们乘坐飞机前往泰国，开始泰国、新加坡、马来西亚三国之旅。

今天恰好是平安夜，清晨，5点多钟我们就到达了首都国际机场T3航站楼，见到了这次出游的领队小宋。

本以为北京到泰国3个多小时就能到达，谁知飞机却先飞新加坡，再转机曼谷，干吗要白白浪费这多半天时间，飞过泰国再绕回去？领队解释：直飞曼谷的费用会很高的，与新航合作，机票很优惠，所以，你们4000多元人民币就能玩转泰、新、马3个国家。

14点30分到达新加坡机场，一出机舱立刻感觉又潮又热，机场大厅内的植物郁郁葱葱。河北一位徐姓的老先生怀疑植物是假的，我们用手摸摸，鲜嫩潮润。“是真的！一点不假!”同行的老杨说。10年前他来过这里，但一点印象也没有了。领队告诉他，这是今年刚刚投入使用的樟宜机场新航站楼，而10年前来这儿的时候是另一个机场，所以，不可能有印象了！入境后，我们在宽敞明亮如同植物园一般的候机楼里转来绕去，又坐了一段地铁，重新安检入境。再次登机时，飞机上的空姐全是泰式打扮了，简洁的服饰显出她们优美的身段，吃过飞机上的盒饭，飞机在18点30分到达了曼谷机场。

★ 黄袍袈裟王国——泰国

泰国的国教是佛教，90%的人信奉佛教。

据说，在泰国，凡是信佛教的男孩子，到了一定年龄，都要削发为僧，连王室和贵族也不例外。几百年来，他们的风俗习惯、文学、艺术和建筑等各方面，几乎都和佛教有着密切关系。因此，泰国又有“黄袍佛国”的美名。

泰国1238年建立了素可泰王朝，开始形成较为统一的国家。先后经历了素可泰王朝、大城王朝、吞武里王朝和曼谷王朝。从16世纪起，先后遭到葡萄牙、荷兰、英国和法国等殖民主义者的入侵。19世纪末，曼谷王朝五世王大量吸收西方经验进行社会改革。1896年，英、法签订条约，规定暹罗为英、法殖民地之间的缓冲国，从而使暹罗成为东南亚唯一没有沦为殖民地的国家。1932年，人民党发动政变，建立君主立宪政体。1949年，改称“泰王国”，简称“泰国”。

佛像遍地的曼谷

入境泰国的人虽然不多，但需要个人自己排队办理。领队小宋逐一填写入境单，并发到每个人手中。

一出机场，身着艳丽服装的泰国小姐，为我们每人戴上一串鲜花，还有人为我们拍了合影照（当然要照片是要收200泰铢的，等于人民币50元）。在夜幕中我们上了旅游大巴，泰国导游阿芳和她的弟弟阿富和大家见了面。阿芳综合素质很不错，热情大方，亲切温柔，肯定受过良好的教育。她是华裔，汉语说得非常好。

不巧，车开了半小时左右就出现了故障，满车烧焦皮的味道，阿芳导游很抱歉地请大家下车，等候另一辆大巴的到来。由于坐了一天的飞机，又初到泰国，新奇感使得大家心态很平和，站在好像是郊区的路边上，等了大约二十多分钟的样子，谁也没发牢骚。大家有说有笑，我趁机拍下了路标和即将下岗的大巴。

再次上车后，阿芳一个劲地鞠躬赔礼道歉：“对不起，实在抱歉，请各位贵宾放心，不会再有类似事情发生了。”她还夸奖大家说：“到底是中国北京的旅游团，都是高素质的人，发生这样的事，大家都很配合，真的非常感谢大家！”

22点30分终于到达了高尔夫酒店，因为人数为单，领队就照顾我这位当阿姨的住了单间，这下不用担心呼噜干扰睡眠了。导游还特意为我们要了开水，因为泰国饭店、宾馆里是不为客人准备开水的。

第二天主要游览泰国曼谷的鳄鱼馆、大皇宫、玉佛寺、五世皇柚木行宫、马车博物馆等景点，并夜游湄南河。

早上，我们是第一时间用早餐的，尽管西餐厅的美食很丰盛，就餐环境也很精致，坐在餐桌前就可以透过两层楼那么高的玻璃墙，欣赏宾馆后面的高尔夫球场、游泳池和高大的鸡蛋花树，可我们还是抓紧时间填饱肚子后，溜到室外享受泰国的第一个清晨。绿茵茵的高尔夫球草场上布满了晶莹的露水，老杨还像孩子似的在草地上打了个滚儿。好心的高尔夫球车司机，还让我们坐到他的车子上面拍照，并与我们合影留念。

宾馆正门的外面，一座漂亮的玻璃房内供奉着一尊高大的金身佛像，一位身着泰式服装的中年妇女，正在虔诚地祈祷，而面积不大的玻璃寺庙就设在酒店的正门口。我好奇地问导游阿芳，阿芳告诉我们，泰国是一个崇尚佛教的国家，所以到处都供奉着佛像，全国有大大小小的佛像4000多万尊，佛教寺庙有3万多座，光是职业僧侣就有20多万，泰国的男性居民，一生中都要当3个月的和尚，就连国王、王子也不能例外。要不怎么会称泰国为“黄袍佛国”呢？每天拂晓，寺庙里响起晨鼓，僧侣们诵经之后就三五成群地列队托钵，出门化缘，家家户户把各种美味可口的食品放在自家门前，任僧侣们领回寺庙中食用。

上午，我们乘车来到鳄鱼馆，第一次看见那么多的鳄鱼，第一次看到了白鳄鱼和短尾鳄鱼，第一次观看鳄鱼表演，真的很精彩，很刺激。表演者把手臂、脑袋放在张开的鳄鱼口中，张大嘴巴的鳄鱼乖乖地听从驯鳄员的指挥，观众的心都提到了嗓子眼，大热天里直冒冷汗！

据说，前几年的一次鳄鱼表演中，鳄鱼一闭嘴，真的把一位年轻小师傅的头颅咬碎了。还好，这次表演非常成功，我们拼命为几位师傅的精彩表演而鼓掌致谢。

表演结束后路过虎狮笼，一头母老虎屁股对着我们，还没等我们反应过来，突

鳄鱼馆珍贵的白鳄鱼

惊险的鳄鱼表演

虎狮笼里的虎妈妈

然带着清脆的哨音，母老虎射出一泡尿，喷出3米多远。刹那间，小领队机灵地跳到一边，就这样的速度，身上也还是被溅上了不少老虎尿。

国王亲自为玉佛更衣

下午，我们参观了此行最重要的景点——泰国大王宫。

大王宫由3座宫殿和1座寺院组成，大大小小建筑物共有几十座。大王宫的建筑以白色为主调，建筑物风格主要是暹罗式。我们从大王宫的侧门进入，首先参观大王宫的陈列馆，然后进入大王宫的玉佛寺。

玉佛寺位于大王宫的东北角，是泰国最著名的寺庙，建于1782年，全称“嘉愿纳瑟沙拉南佛院”，又称护国寺，是泰国唯一没有和尚居住的佛寺。玉佛寺作为泰国大王宫的一部分，面积约占大王宫的四分之一，因寺内供奉着玉佛而得名，与曼谷的卧佛、金佛一并被列为泰国三大国宝。玉佛寺内主要有玉佛殿、先王殿、佛骨殿、藏经阁、钟楼和金塔等建筑。

玉佛寺金碧辉煌，绚丽夺目。寺院围墙上装饰着金翅鸟像，台阶上雕有镇庙兽，大门上刻着凶猛的守护神。一座座高耸的飞檐和尖顶直插云霄，整座寺院佛塔如林，造型各异，色彩艳丽，蔚为壮观。密集的佛教建筑几乎集中了泰国各佛寺的特点，充分体现了泰国古代建筑和艺术的特色，这是泰国佛教建筑、雕刻、绘画的艺术瑰宝。

玉佛殿是玉佛寺的主体建筑，大殿厅堂高大，大殿正中高11米的神龛里供奉着被泰国视为国宝的玉佛像。玉佛高66厘米，宽48厘米，是由一整块碧玉雕刻而成。玉佛通体苍翠，所以寺院又称为“绿宝石寺”。

大王宫寺庙大门

每当换季时节，泰国国王都亲自为玉佛更衣，以保国泰民安。每当泰国内阁更迭之际，新内阁的全体成员都要在玉佛寺向国王宣誓就职。每年5月农耕节，国王还要在这里举行宗教仪式，祈祷丰收。寺内四周有长约1千米的壁画长廊，上面绘有178幅以印度古典文学《罗摩衍那》史诗为题材的精美彩色连环画，并附有泰文译诗。

仰望供奉在大雄宝殿金色高座上泰国人人敬仰的玉佛，并不像中国的许多著名寺院的大佛那样高大，可是有关它的故事很感人。

玉佛殿

在1464年，玉佛首先在清莱府的一座佛塔中被发现。当时玉佛身上被一层石灰包裹，大家以为是一座泥塑的佛像，后来佛像鼻尖上的石灰剥落，人们才发现，石灰里面竟然是一尊整块翡翠雕琢而成的玉佛。当清迈城主知道玉佛的消息后，随即下令将玉佛迎请至生活富裕的清迈供奉。但是运送玉佛的大象好像收到了谁的指令，走到清迈与南奔城的岔路口时，突然不听指挥，转向通往南奔城的道路前进。

于是，清迈城主只好把玉佛供奉在南奔城一所简陋的寺庙中，直到三十多年后，南奔城人民生活富裕了，当地人才肯转请玉佛到曼谷供奉，住到了皇宫中这座金碧辉煌的寺庙里。在泰国，玉佛的礼遇相当高贵，它要依照泰国一年三季的时间更换锦衣，因为泰国一年只有三季，夏季、雨季和凉季。每次更衣的仪式，都是由泰国的国王亲自为玉佛换上当季的锦衣，换下的过季锦衣都有专人保管，放在王宫的陈列室里。

人为国王更衣，这话听说过，这事也在影视作品中看见过。但国王为佛像更衣，而且是一年三季，也只在有佛国之称的泰国，才会发生这样的故事吧！我想，这不仅说明了佛祖在泰国人心中的崇高地位，也表达了泰国国王对佛祖的无上敬意。这份难得的、世代相传的虔诚，在全世界的王室中，恐怕也再难找出第二个来吧？要不是时间关系，我们真想闭上眼睛，什么也不想地坐上一整天，体会一下打坐是什么样的感受。

寺庙院落的建筑很集中，我们无从逐一记住它们的名称，但内心很惊叹每一座建筑的精湛技艺。在迷宫一样的寺庙群里，我们紧跟在导游身后，生怕一转身就在茫茫人海中迷失了方向。其实，仔细环顾四周，只要记住进出口，还是很好走的，比起中国北京的故宫来，要容易得多。

离开玉佛寺之后，我们才来到大王宫内院。

大王宫里规模最大的主殿是节基殿。“节基”含有“神盘”“帝王”的意思。这是一座21.8万平方米的宫殿，是曼谷王朝一世至九世的王宫，建于18世纪。四周的墙壁呈白色，所有的宫殿都是佛塔式或大王冠形状的古建筑。宫殿所用鱼鳞般的琉璃瓦红绿相映，从宫殿的顶部到圆柱、方座都是贴金的，宫殿的四边都是飘逸的飞檐，檐边悬挂着金铃。这座3层建筑，是根据意大利文艺复兴时期建筑风格设计，顶部采用了泰国典型的锥形尖塔屋顶。

节基殿由正殿和左右偏殿组成，正殿前面还建有一个宽敞的楼台。白色的殿身雕塑着各种西式花纹图案。此殿原是五世王处理朝政和居住的地方，现在仍是泰国国王接见递交国书的外国使节的场所。大王宫内还有许多以中国古典小说《三国演义》为题材的屏风画。

节基殿西面是建于拉玛一世王时期的律实宫。这是大王宫内最先建造的一座泰国传统宫殿，建造时全部榫接，没用一颗钉子与螺丝。律实宫有两座大门，门身与门顶塔形饰物都漆为金色。宫顶部分是4层，层层相叠。楼正中是一座高耸入云的7层尖塔，尖塔基部的四面分别饰有4个大力神。律实宫里有拉玛一世王时代制造的御座和御床，被列为拉玛王朝第一流的艺术品。律实宫主要用于国家典礼，有时也用于举行国葬。许多国王、王后的遗体都是先停在这里举行宗教仪式，然后才送到皇宫以外的皇家田广场火化。

节基殿的东面是阿玛林宫，也是拉玛一世王时期兴建的。它由3个主要建筑物组成，即：阿玛灵达谒见厅，宫廷的召见仪式通常在这里举行；拍沙厅，君王的加冕礼在这里举行，里面有加冕坐的椅子；卡拉玛地彼曼殿，该建筑物曾是拉玛一、二、三世王的住宅，以后成为君主们加冕后的官方住宅。阿玛林宫，宫门是用泰式贴金雕漆建成的。与其他宫殿相比，阿玛林宫显得小巧精致，三角形的殿顶分3层相叠。阿玛林宫曾作为最高法院，后为国王接见臣民的场所。据说，过去国王都是骑大象入宫，所以宫门非常高大。

现在，大王宫除了用于举行加冕典礼、宫廷庆祝等仪式和活动外，平时对游客开放。

位于曼谷市中心的四面佛，又称有求必应佛，是泰国香火最旺的佛像之一。全团旅友每人被收走20泰铢香火钱，发给每人一束花、一小块金箔纸，

在大王宫的主殿——节基殿前

然后依次为四面佛上香、献花、贴金。东、南、西、北四个面逐一拜到。

晚餐是在湄南河的游船上吃的，这一天恰逢圣诞节，船上的圣诞氛围相当浓厚，市内有些饭馆窗口、大门的玻璃上挂满了圣诞老人像和圣诞树，室内却没有几个人光顾，显得冷冷清清。经过询问泰国的导游阿芳小姐才知道，泰国人不过圣诞节，在这一天光顾圣诞商店的多是外国的游客。相比之下，船上的圣诞节热闹非凡，灯火通明，服务员全部打扮成圣诞老人。宽敞的甲板就是自助餐厅，吃的、玩的、唱的、跳的、狂饮的、起哄的，激昂的音乐伴着一张张兴奋的笑脸，人们好不开心！

在国内，我们从来没有参加过圣诞节活动，身在异国他乡却过上了有史以来的第一个圣诞之夜。我们团除了团友、领队、导游之间相互敬酒之外，竟没有别人加盟我们的餐桌。也许都知道中国人比较保守吧！

坐在巨大的船窗边上，欣赏着湄南河畔的夜景，两岸的建筑极具泰国特色，灯火闪烁，格外夺目，就像上海的外滩，只是灯光的规模没有上海的那么璀璨和宏伟。我们深深地陶醉在这璀璨的风光中。

快乐的芭提雅

芭提雅位于泰国的东海岸边，距曼谷约150千米，被人们称作“东方夏威夷”。长达40千米的芭提雅海滩阳光明媚，天蓝水绿，是良好的海滨游泳场，每年吸引游客300多万人次。

20世纪70年代，芭提雅是一个人烟稀少的小渔村，当地人靠种番薯谋生。1961年，泰国政府发现这里月牙似的海滨有得天独厚的旅游条件，便拨出专款并鼓励国内外投资开发。芭提雅由此被划为特区，得以迅速发展壮大，一举成名。

如今，芭提雅已发展成为一个近10万人的旅游不夜城。每到夜晚，灯火通明，大商店、大酒店、歌舞厅、夜总会霓虹灯闪烁耀目，街道两旁亭式小酒吧鳞次栉比，流行音乐充塞大街小巷，马路上行人摩肩接踵，通宵达旦。

下午，我们来到芭提雅，体验了丛林骑象。在一个人工搭建的简易高台上，我们壮着胆子爬上了象背，坐上大象背上的座椅，随着大象沉稳的步伐，摇摇晃晃地前行，那感觉太美妙了。穿行在丛林中，我们看到了生活在丛林中的泰国人搭建在树旁的高脚屋。

距芭提雅二十多千米的东芭文化村，占地宽广，风光如画。最初为私人园林，后因植物种类繁多、精致优美，并慢慢汇集了热带、亚热带等几十万个物种，成为泰国重要的植物库。这里的文化活动主要有泰国文化表演大厅、大象表演场、蝴蝶坡、蚂蚁塔、仙人球馆、兰花馆、汽车珍藏馆、动物园、水族馆、飞禽馆、人工湖、情侣园等。在情侣园内，可选择搭乘观光游览车走马观花般浏览一遍，也可选择乘坐马车或者骑大象游园。笨重的大象在这里实在是灵巧得可爱，它们不仅会列阵、跳舞、投篮、踢球，还会画画、按摩。大象画的画销售得相当火爆。

在东芭乐园，我们参观了兰花馆；观看了泰国民间艺术表演；观看了大象集体

丛林骑象

芭提雅丛林人家的高脚屋

大象为人按摩

大象投篮

大象蹬三轮车

大象成为泰国历史剧演出中的主角

舞、足球比赛以及象鼻画画；还观看了猴子学校的猴子摘椰子、游泳、跳火圈等表演；品尝了艺城豪华自助餐；还欣赏到了泰国顶尖艺人表演的大型历史剧目。

晚上，在“东方公主”号游轮的联欢晚宴上，我们与泰国独有的人妖联欢，这是每个到泰国的游客必不可少的娱乐项目。在曼谷的大剧院看人妖表演是远距离的，在“东方公主”号上却是近距离的。只要你愿意，甚至可以零距离接触他们。这些人妖们始终保持妩媚的微笑，真是一个赛一个地漂亮，比女人还女人。他们的脸、胸、腰、臀及双腿，就像人工雕琢的一般，完美得无可挑剔，而且才艺出众、劲歌辣舞都很专业。

导游说，别看人妖在人前笑容可掬，在娱乐场上激情四溢，歌舞演出时飘飘若仙，但在下班后，在看到别人成双入对、拥有幸福家庭生活的时候，他们心中的痛苦却无处诉说，难以排遣的落寞、孤寂将陪伴他们终生。吃“青春饭”的人妖职业，有的30多岁就人老珠黄了，被迫到歌厅、舞厅、酒吧、娱乐厅、按摩院去当服务员。人妖的寿命普遍比正常人要短，一般只能活到40～50岁。了解到人妖风光背后的生活，我们不禁对他们产生了怜悯。

离开游轮之后，导游又把大家带到一家正宗的泰式按摩店，让每一位团员都体验一下免费的泰式按摩。

次日早饭后，我们乘快艇前往金沙岛，途中来到海上跳伞的平台。本来我是决心在55岁之后不再玩这些冒险的项目了，但经不住团友们的鼓动，“既然来了一定要试试！不然过了这个村，上哪儿再找这个店呀?”连老杨都炫耀自己，10年前就在这里跳过伞，非常好玩，也非常安全。反正有一个团友不走，我们谁也不能离开这里，那就再冒险一回吧！我终于下了决心。

海上跳伞

这种降落伞没有任何动力，靠高速摩托快艇的速度，把降落伞拉高几十米，所以还是很安全的。老杨像送战友出征似的把我送到了起跳平台，海风很大，吹得人几乎站不住脚，几位戴着黑头套帽子的工作人员，熟练地帮我整装，穿戴上跳伞的行头。说不紧张，那是瞎话，我的小腿情不自禁地发抖。看见胆小的人和小朋友们都有工作人员陪同，我也想申请一位工作人员相伴。老杨说：“没事的，两个人不好拍照!”还没等话说完，我就被套上的降落伞拽起了双脚，只觉得悠悠地升上了天空，心脏一下被揪紧了，耳边风声呼呼地响。我紧闭双眼，大气不敢出，双手死死地抓住降落伞上的绳索，感觉好像是被吊在绳子上。

但很快我就适应了这种感觉，放眼望去，眼前一一展现的是：蓝天，大海，白云，还有快艇驶过海面划出的一串白色的浪花。不远处的一位男士在降落伞上张开双臂，要不是两条腿吊在那里乱晃，会像一只展翅的大鹏在空中飞翔。我想反正人都上天了，大不了掉在海里喝点水，何况自己会游泳，一时半会儿也淹不死的。有了这个心理准备，我试着抬起头来，放下手臂，向后舒展，并调试两条腿不要晃动……此刻我感觉自己真的飞起来了。

不到10分钟的时间，摩托快艇顺着大船转了一个圈后，放慢了速度，降落伞开始下降了。刚刚找到感觉，就要落地了。

不好！我的身体离大船甲板还差半米多呢！眼看就要落入水中，两名工作人员眼疾手快同时抓住了我的脚腕，用力一拽，把我拉到了船上。然后，七手八脚地卸下了降落伞的绳索。

海底漫步的感觉真好

跳过伞之后，我们的快艇在开往金沙岛的海面上乘风破浪。

高高的浪尖不时盖过快艇，团友们随着劈头盖脸的浪花不时地尖叫。说是坐快艇，其实大家谁也坐不稳，尽管手抓着船舷，但都被大浪甩得东倒西歪。大家干脆把浴巾披在身上，但仍然浑身湿透，坐也坐不住，颠得屁股生疼。

金沙岛原名打网岗岛，位于泰国乐亭县西南渤海中，是一座由11个断续相接的沙坝组成的弧形沙岛。金沙岛的最西端，与菩提岛隔海相望，东西长1.5千米。因沙细且呈金黄色、沙滩结实又洁净而得名。落潮时，该岛与金沙岛主体部分连为一体，涨潮时与之分离，成为一个完全独立的小岛。金沙岛宽窄不一，最宽处250米，面积3.25平方千米，好像一艘巨轮抛锚在波涛之中，又似一头巨鲸俯在水面。

金沙岛海滩沙质细腻，干净明亮，人行其上没有下陷的感觉。潮滩较窄，适宜游泳的地带宽阔，波平流缓，海水无污染，是沙浴、海浴的天然浴场。同时，金沙岛也是天然日光浴的好去处。这里太阳辐射强度大，丰富的辐射光照，特别是红外

芭提雅金沙岛

线有助于身体新陈代谢和血液循环，为肌体各组织提供充分的养料，达到调节人体节律而强身健体的效果。

金沙岛海中有岛，岛中有湖，湖中有岛，构成了罕见的海上奇观。随着潮水的涨落，岛的宽度不断变化，使得整岛形貌仪态万千。岛上满是细细的黄沙，在阳光下遥望海岛金光闪耀，犹如一条巨大的金带漂于蔚蓝大海之上。狭长的海岛把近海分成内海与外海，外海黄沙灿灿，海水碧蓝；内海的鱼肉质肥美，蟹、贝遍布浅滩，是捕鱼、捞虾、捡拾海贝的理想天地。

上岛后，我们4人一组下到海底，在潜水员带领下，手拉手开始玩水下漫步。在金沙岛潜水比在中国海南岛的潜水感觉要安全得多，不必自己用嘴咬着呼吸器，只消在头上戴上一顶日本制造的头盔，潜到水底就安然无恙，丝毫没有恐惧感。

据工作人员介绍，一顶这样的头盔要100多万呢！可惜，听不懂这100多万是泰铢、日元，还是人民币，或许是美元？水中各色小鱼成群结队游过来吃我们手中的面包，小嘴一嘬叼走一小块，任凭你出手多么迅速，却怎么也抓不到它，小小的鱼儿比人的反应快得多！在潜水员的帮助下，我们亲手触摸了大海胆、大海蚬、大海星和珊瑚礁，还有潜水员给我们拍照。可惜因为风浪的影响，画面不够清晰。

海底漫步

海底行走不同于在陆地，要不是有潜水员拉着我们的手，我们随时都有飘起来的感觉，人在仙境可能也就是这样吧？海底漫游，多浪漫的项目呀，刚才乘降落伞还在天上飘呢，只半天的工夫，我们就完成了上天入海的全过程。遗憾的是风大浪大，游泳很困难，依我们几个人的泳技也只能在岸边享受一下海岸，享受一下蓝天、碧海、沙滩和阳光。

芭提雅的海滩，有着淡黄色的沙子，绵软细腻，走在这样的海滩上，脚感极为舒适。我们泡在浅浅的海水中，任凭海浪轻轻拍打我们的身体，感觉好极了！

中午上岸后，花了40泰铢在非常简易的淋浴间，用水桶冲了个冷水澡，换上了当地120泰铢一套的沙滩装。团友们都说："于大姐穿上沙滩装，那是相当的漂亮!"其实，我们大家都是沙滩装扮，只不过女士的沙滩装上衣无袖，裤腿宽大，更显身材罢了！在金沙岛临海的一家餐厅里，我们吃上了刚刚打捞上来的、最新鲜的海鲜大餐。下午返回芭提雅时，海上的风浪更加猛烈，我们几个团友都出现了晕船的症状，都懒得讲话了，觉得回来的海路格外漫长。

快艇被无情的海浪一会儿推上浪尖，一会儿跌入谷底，茫茫海面上看不到海岸在哪里。据阿芳导游说，上午有几艘快艇因风浪太大，把游客从船舱中抛起来了，怕出危险，快艇中途返航。此时，中午吃进肚子里的海鲜，情不自禁地往外涌。谢天谢地，我们事先服下了两片吗丁啉，坚持没有吐出来。五十多分钟的颠簸航行之后，我们终于落汤鸡般回到了芭提雅。

身入毒蛇研究中心

今天游览芭提雅的九世皇庙、七珍佛山、蜡像馆、神殿寺、燕窝店、皇家毒蛇研究中心，以及观赏最具泰国特色的人妖表演。

上午，我们首先来到了五世国王曾经出家的九世皇庙，泰国人都叫它"国王庙"。

七珍佛山

九世皇庙是当今国王最爱的庙宇，庙中供奉着高僧的舍利子。泰国是佛教国家，走进泰国每一座寺庙，都可以看到耀眼的金光，泰国人把所有的敬仰都以贴金的形式献给了佛祖，但唯有九世皇庙的建筑款式与其他庙宇不同。它没有其他寺庙的金碧辉煌和宏大规模，一切遵照国王谕示，以节俭和朴素为原则，盖成了佛殿、方丈楼、僧舍、综合楼、水池、厨房和其他必需的房子。每座建筑都是白色的，表示圣洁、高贵。

七珍佛山也是与众不同的景观。为了庆祝泰皇登基50周年，特别雕刻了芭提雅最大的一座释迦牟尼的佛像。据说，七珍佛山是一位高僧为当今九世皇寻找的龙脉所在，就着山形剖开一面山，削平山面，用意大利进口的金镶嵌线条，重达4吨的黄金塑造出释迦牟尼佛祖打坐的佛像。远远望去，佛祖慈眉善目，金光闪闪，格外醒目。在佛祖心脏处藏有释迦牟尼的舍利子。劈山建佛时，发现了许多古佛像。

中午回到住宿的芭提雅酒店用餐，导游说，这是特意为我们中国团庆贺新年而订的新年大餐。的确，这一餐比较丰盛，也是比较正式的酒店用餐，泰国著名的冬阴功、各种沙拉等名吃，摆了满满的一桌。可惜大家都不饿，加上天气炎热，谁也没吃多少。

下午，参观泰国的皇家毒蛇研究中心。

泰国毒蛇研究中心，是非营利性机构，由于以前专属王室家族，所以到现在也被大家称为“泰国皇家毒蛇研究中心”。

研究中心原为巴斯德研究院，位于拉玛四世路，以研究毒蛇著称，收集蛇毒做抗毒血清，专门医治被毒蛇咬伤的病人，也被称为蛇医院。毒蛇研究中心位于曼谷，新蛇园在普吉岛。据介绍，全世界只有泰国、巴西、印度、孟加拉4个国家有金刚眼镜王蛇。

毒蛇的毒性分阴毒和阳毒，阴毒表现为七孔流血，阳毒表现为全身发黑。被金刚眼镜王蛇咬伤后会同时出现全身发黑和七孔流血，最快3分钟内就能毙命。

几只惊恐的小鸡崽不知何时就会成为毒蛇的点心

泰国被称为毒蛇的宝库，出产的蛇类非常多。 研究中心附近的毒蛇场内饲养着数万条毒蛇，在湿度和温度适宜、设备良好的玻璃房内，我们可以看到眼镜蛇、蝮蛇、金环蛇、银环蛇等十几种毒蛇， 或盘成一堆， 或攀在树上，或相互交缠在一起，还有供毒蛇食用的几只活鸡蜷缩在玻璃房的一角。世界上的食物链条就是这样，大鱼吃小鱼，小鱼吃虾米，是绝无“人性”可言的。

游客们可以在中心参观如何抽取蛇毒的示范表演，还可观赏毒蛇专家斗蛇、捉蛇等各种精彩演出。斗蛇师傅是位年龄50岁左右的人，他沉着机敏，经验极为丰富，世界上最毒的、专吃眼镜蛇的金刚眼镜王蛇，都非常听话地挺起上身，面对斗蛇师

金刚眼镜王蛇在表演者手中挺起上身

傅一字排开。尽管金刚眼镜王蛇不是那么顺从，但也不敢有丝毫的反抗。驯蛇师还用手抓住金刚眼镜王蛇的头部，掰开毒蛇的牙齿，在环形的蛇池表演场走了一圈，逐一让我们观看毒牙的样子。

在表演区旁有个面积不大的蛇毒相关知识、蛇毒产品介绍的演示厅。讲师们都是来自泰国、北京、广东、香港等地的医学工作者。为了毒蛇生物制品的研制，泰国王室投入巨资，成立了世界上最大的、最先进的毒蛇研究中心，研制出了许多特效药，例如专治糖尿病的蛇粉、治疗肝病的蛇胆丸、各种炎症的解毒丹等。一听说蛇粉专治糖尿病，我马上动心了，糖尿病是困扰我老妈的最棘手的疾病了，如果真有效的话，那我真的要替妈妈好好感谢泰国国王了。

回到曼谷，我们的晚餐是品尝泰式自助火锅。其实，泰国的火锅与国内的火锅相差不多，但海鲜价格比较便宜，质量比较好。泰国酒店的国际电话费每分钟要50元左右的人民币，可能是世界上电话费最贵的国家之一了吧？饭后自由活动1小时，然后就在特色火锅店旁边的一所大剧院里观看泰国当红人妖艺人的歌舞演唱会。

★ 狮城新加坡

12月29日上午，我们离开曼谷飞往新加坡。

新加坡是一个城市国家。位于马来半岛南端，总面积692.7平方千米。新加坡属于新兴的发达国家，并以稳定的政局、廉洁高效的政府而著称。在城市环境治理方面成效显著，故有“花园城市”之美称。勤劳勇敢的新加坡人民在这片弹丸之地创造出了许多世界奇迹，成为亚洲乃至世界的航运中心。

3世纪，马来人将新加坡的主岛命名为蒲罗中，取意马来半岛末端的岛屿。后来，新加坡又被赋予“海峡之邦”的别誉，因而先有早期的华人移民以海峡为本源，呼其作石叻。1365年的《爪哇史颂》把新加坡叫作淡马锡。直到14世纪末，梵文名字“狮城”才首次出现。

据马来史籍记载，1324年左右，苏门答腊的室利佛逝王国王子乘船到达此岛，在现今的新加坡河口无意中发现一头动物形若狮子，而狮子具有勇猛、雄健的特征，于是把这座小岛取名狮城，这就是新加坡“狮城”的来历。

1819年，新加坡沦为英国东印度公司领地，1826年为英属海峡殖民地的一部分。第二次世界大战中被日本占领。1946年自马来亚分出，成为英国直辖殖民地。1959年6月成立新加坡自治邦。1963年参加马来西亚联邦；1965年8月9日退出，成立新加坡共和国。

新加坡土地面积很小，故无省市之分，首都是一个市区，约占全岛面积的1/7。

为了生存，新加坡开始了一连串的改革措施，发展工业及经济，取得了高速发展，很快成为东南亚重要的金融和转口贸易中心，成为“亚洲四小龙”之一。与此同时，新加坡人民的生活水平也得到大幅度提高，住房、教育、交通等问题都得到解决。

新加坡旅游业兴旺靠什么

从曼谷起航，经过三个半小时的飞行，我们又回到了新加坡，一位四十多岁的当地女导游江小姐接待了我们。

在车上我们看到了财富泉、榴梿大厦，并在国会大厦、高等法院、鱼尾狮公园进行了游览。来到鱼尾狮公园，大家兴致勃勃。这尊雕像跟图片上看到的有所不同，鱼尾狮没有想象的那么高大，高度只有8.6米，狮子口像龙王一样会喷水。这座鱼尾狮由布仑纳设计，著名雕塑家林浪新所主

新加坡旧国会大厦

在鱼尾狮公园

持的这一雕塑工程于1972年完工，耗资16.5万新元，成为新加坡的城徽和标志。

在鱼尾狮像背面有四块石碑，碑文讲述了鱼尾狮象征新加坡的故事，近旁还建有一座小鱼尾狮，也非常精巧。导游告诉我们，鱼尾狮公园是新加坡面积最小的公园，只有71平方米，但周围的建筑和绿化环境很美，成为游客必到的景点。

新加坡的观光车

在等车的地方，我们看到一辆船形的观光车驶过，吸引了周围众多游客的眼球。据说，这些船形车都是越战淘汰的报废战车，被新加坡人买下，经过改装后专门用作观光的。

圣淘沙岛正在修建一个大码头，工地暂时把美丽的自然风光破坏了，图片上介绍的美丽风光无处寻觅，取而代之的是更大规模的航运码头，这也是新加坡发展的战略眼光。

江导游很自豪地告诉我们，新加坡旅游业之所以能在亚洲争得冠军，既不是靠自然风光旅游资源，也不是靠文物古迹等人文景观，而是靠优越的地理位置、繁荣的贸易中心和免税自由贸易港口的优厚条件，还有优美的环境、舒适的宾馆、低廉的收费、方便的交通以及优质的服务……

据说，圣淘沙有一系列的宏伟构想，将打造一个圣淘沙名胜世界娱乐城。那时将迎来许多新的名牌店，并拥有一个全球最高的户外游泳池，其高度达200米、泳池长150米。乍看之下，游泳池犹如建在世界的边缘，没有护栏，没有边界，仿佛一道瀑布从“边界”处飞流直下。现在，这家娱乐城已经投入使用。

在山上，我们看到了另一个新建的鱼尾狮，这个鱼尾狮的个头要比鱼尾狮公园里的大多了，高达37米以上。鱼尾狮成为新加坡的守护神，山上一个，水边一个，上下呼应，守卫着美丽繁荣的新加坡。因为逆光不好拍照，我找到了一个侧面，正好用鱼尾狮高大的身躯挡住刺眼的强光。这里既躲开了车水马龙的通道，又有平台茶座，拍照角度挺好。

晚餐是在花芭山的船形餐厅里。江导游告诉我们，花芭山位于街市西部，是一座海拔115米的小山，是新加坡第二高点，仅次于武吉知马山。它靠近繁华市区，面向新加坡海港。在山顶遥望四周，景色十分美丽，能看到市内林立的建筑群；晴天的话还能看到印度尼西亚和马来西亚；傍晚，还可欣赏到新加坡迷人的夕阳。在花芭山上远眺市区的辉煌夜景，耀眼夺目，别有一番情调。这里环境清幽，是旅客及当地人避开城市喧嚣的好去处。因为新加坡面积比较小，站在花芭山的山顶就能鸟瞰新加坡，大大小小的岛屿，高楼耸峙的商业区，蜿蜒的公路，随便一个角度就是绝美的风光画。

船形餐厅里人满为患，气温很高，悬挂的吊扇好像没什么作用。在这样的环境里，面对新加坡美食也是难以下咽。在众多新加坡中餐馆里，以粤菜和潮菜最受欢迎。新加坡粤菜以脆皮乳猪和鱼闻名，而潮菜以清蒸鱼和卤鸭驰名；马来西亚美食最受欢迎的是沙爹和椰浆饭；印度美食就是印度薄饼和拉茶。其中，南洋最具代表性的菜是“娘惹食品”，融合了马来人和华人的烹调特色。

新加坡旅游者在餐厅、酒店等所有有空调的地方一律禁止吸烟。这一点，新加坡管理很严格，而且有法律保障。

据导游介绍，为了保持优美清洁的市容市貌，新加坡专门设有鞭杖的刑法。曾经有一位留学新加坡的美国学生，在校园的墙上胡乱涂鸦，被判鞭杖。美国总统克林顿都为其求情，说他还是个孩子。新加坡政府看在美国总统的面子上，只为其减刑2鞭，还剩下4鞭子必须执行。如果坚持不了可以分期鞭杖，因为他们用于鞭杖的工具上布满了小刺，一鞭子抽下去便皮开肉绽，为了避免有些人挺不住而出人命，所以，要等伤口痊愈之后，再接受下一次鞭刑。最多的鞭刑数量为12鞭，是判给那些犯有强奸罪的罪犯。

★ 马来西亚见闻

由新加坡出境到马来西亚，行李可以不拿下车，但人要下来重新出关、入关。此时旅游过境的客人很少，新加坡和马来西亚海关大厅里空空荡荡，只我们一个团。就像隔壁邻居串门一样，出了自家门向前走几步，就拐进了邻国的大门。我们上车后，一位40多岁的导游也跟了上来，他是我们马来西亚段的导游。

马来西亚简称大马，位于马来半岛南部，与泰国、文莱、印度尼西亚毗邻，国土面积32.98万平方千米。大巴驶过连接两国的大桥时，导游告诉大家，马来西亚与新加坡中间就隔着一个柔佛海峡。

公元初，马来半岛建立了羯荼、狼牙修、古柔佛等古国。15世纪初，以马六甲为中心的满剌加王国统一了马来半岛的大部分，并发展成为当时东南亚主要的国际贸易中心。16世纪起，先后遭到葡萄牙、荷兰和英国等国占领。20世纪初完全沦为英国殖民地。第二次世界大战中为日军占领，日本投降后，英国恢复统治。1957年8月31日，马来亚联合邦宣告独立。1963年9月16日，马来亚同新加坡、沙捞越、沙巴组成马来西亚联邦（1965年新加坡退出）。

吉隆坡是华工发展起来的城市

快到吉隆坡的时候，大巴停到了一家中国餐馆前面。吃饭的人不多，但饭菜味道还不错，这是一顿中马结合的中国餐。餐后，大巴继续前进，终于进入吉隆坡市区。突然，老杨指着车窗外告诉我："快看！那就是马来西亚著名的标志性建筑——双峰塔！"

在夜色中，我们最先看到的吉隆坡就是璀璨的双峰塔直插云霄。急忙拿出相机，拍呀拍呀，双峰塔时隐时现，却怎么也抢不上镜头。画面像下雨一般，全是些彩色的竖条。68岁的司机师傅好像非常理解我们的心情，等双峰塔再次出现时，他故意放慢了车速，我们总算拍到了双峰塔，尽管效果不十分理想。

大巴围着双峰塔转了半个圈，我们入住的宾馆就在双峰塔的附近，可是导游再

连接新加坡和马来西亚两国的跨海大桥

三嘱咐我们，吉隆坡社会治安比较乱，抢包的事件屡屡发生，要注意人身安全。入住以后，我急于拍摄夜色下的双峰塔，因为房间住得比较分散，一时半会儿也找不到老杨他们住在哪里，于是我便自己溜出酒店。但在附近转了半圈，并没有找到双峰塔的身影，出于安全因素，我不敢久留，只好扫兴回房间休息。

第二天早饭后，我们开始了吉隆坡的观光。今天，是2008年的最后一天，在异国他乡，我们以观光的形式辞旧迎新，感觉很有新意。

首都吉隆坡，在1857年建立于鹅麦河与巴生河的交汇处，马来语“吉隆坡”就是“泥泞河口”的意思。

雪兰莪州皇族拉查阿都拉把巴生河谷开放于采锡矿者，吸引了大量来自中国的矿工采锡。此后，吉隆坡就渐渐地发展起来。当时，统治马来西亚的英国殖民政府也委任了称为“甲必丹”的华人领袖来掌管当地华人的事务，其中最著名的华人甲必丹为叶亚来。可以说，吉隆坡是华人矿工发展起来的。从1880年开始，吉隆坡成为雪兰莪州的首府。

国家王宫大门

我们首先来到国家王宫，这里是国王办公的地方。从围墙的栏杆往里看，院内绿草如茵，建筑宏伟气派。王宫大门前有卫兵守卫，还有一个穿红色军服的军官骑在马上值班。任凭游客左右拍照，他们军纪严明，神情严肃。

据说，王宫最初的主人名字叫陈振永，是一位从苦力到百万富翁的传奇华人。他15岁来到马来，数年后与人合伙开办锡矿及银行，后来参与白米生意和橡胶种植。1928年已经拥有6名妻子和19个孩子的陈振永，不满与家人长期分居吉隆坡和香港两地，便在吉隆坡买下13亩坡地，建起马来西亚最大的豪宅。

第二次世界大战期间，陈振永举家逃难，豪宅于是成了皇家空军的临时住所。日本投降后，陈振永从澳洲返回，但已身患绝症，不久病故。英军征用这座房子为皇家空军办事处。之后雪兰莪苏丹将它作为官邸。最后由马来西亚政府征用，改作国家王宫。

不朽的城市丰碑

一座精美的建筑吸引了大家的眼球，导游告诉我们，这就是吉隆坡旧火车站。

吉隆坡旧火车站

这是一位英国建筑师的杰出作品，为摩尔式建筑风格。这座建筑物是马来西亚非常上镜的景点，建于1910年，1988年时进行过一次大整修。在还没被交通枢纽火车站取代前，乘客可以从这里去马来半岛的任何一个市镇，甚至可以通往泰国及新加坡。现在，只剩下电动火车在此停站。一座令人赏心悦目、古色古香的“遗产酒店”，设于火车站的建筑物之中，它早期被称为“火车站酒店”。

接下来，我们来到独立广场。独立广场坐落于苏丹阿都沙末大厦对面，面积约8.2万平方米。绿草如茵的广场极具历史价值。自1957年开始，马来西亚国旗在此飘扬，象征脱离英国统治而独立，现该升旗地点则矗立着一支高高的旗杆，以纪念那个历史时刻。广场对面的另一端，是一个令旅客心旷神怡的休息处。在流水潺潺的喷水池旁昂然屹立着一排柱廊，还有百日草和万寿菊组成的缤纷花海，美不胜收。广场下面则是一条集美食、休憩和娱乐于一体的地下街。

马来西亚独立广场

独立广场对面，是宏伟壮观、风格独特的苏丹阿都沙末大厦。它始建于1897年，以容纳英国殖民地政府的几个重要部门。苏丹阿都沙末大厦综合了摩尔、莫卧儿和英国殖民地古典建筑风格。那高达40米的铜色穹顶和独特的钟楼，让游人很容易就能辨认出此建筑物的身份。它是吉隆坡城内一个最瞩目的景点，也是许多重要活动的举办场地，例如，8月31日的国庆日大游行和迎新年的盛会等。这幢富有历史价值的建筑物，目前是最高法院所在地。

苏丹阿都沙末大厦

大巴把我们带到了阿布瑟曼酋长故居，这是马来西亚文化遗产基金会下属的文化机构，建于1925年，是仿照英国都王朝式的建筑。花园中央有一座特摩尔原居

马来西亚酋长故居

马来西亚民族服饰

马来西亚民俗博物馆

民社区建造的竹舍和一间经过修复的马来式木屋，此木屋原本是吉打州一位酋长的故居。建筑物全部通过能工巧匠风格独特、精雕细琢的马来传统雕刻修饰，反映了20世纪30年代初的建筑工艺。旁边的马来西亚民俗博物馆展示了马来人的婚礼服饰与妆物。

高脚木屋外面是博物馆广场。一棵枝叶繁茂的巨大相思树，洒下满地红红的相思豆。中国唐代诗人王维有这样一首关于相思红豆的诗篇：“红豆生南国，春来发几枝。愿君多采撷，此物最相思。”在北京冰天雪地的季节里，马来西亚却春意盎然，相思树已经结出丰硕的果实。我们一边捡拾晶莹剔透、惹人喜爱的红豆，一边在相思树下思念远方的亲人。

博物馆广场

在首都吉隆坡，最引人注目的建筑就是位于市中心丹也大楼对面的国家清真寺，也称为国家回教堂。这座以教堂为独特风格的现代设计，表现出回教艺术、书法、知识和装饰的传统美感。最令人瞩目之处则在于其层叠的伞状屋顶，象征了一个独立自主国家的雄心和抱负。

国家清真寺

马来西亚吉隆坡的国家清真寺，是我所见到的最新颖的、也是最大的清真寺。清真寺占地5.5万平方米，屋顶由49个大小圆拱组成，最大的圆拱直径45米，呈18条放射线，代表全国13个州和伊斯兰教5大原则。在这一建筑群中央，点缀有水池和喷泉，水池内有高达73米的尖塔，直刺蓝天。白色的建筑群造型错落别致，在湛蓝的天空下显得格外庄严肃穆。

吉隆坡双峰塔

国家清真寺是吉隆坡回教徒常去的主要祈祷的场所。吉隆坡还是这个多民族、多宗教国家的缩影，市内清真寺以及佛教、印度教的寺庙随处可见，基督教的教堂也有20多座。

参观国家清真寺对参观者服装有严格的要求，一律不允许穿短衣短裤，女性必须包头。那些短打扮的旅友们，每人披上一件戴帽子的藕荷色的大斗篷。我们的服装还是比较保守的，但也得戴上一个像帽子的黑纱巾，只能露出五官。

在吉隆坡市内观光的最后一个景点是88层的双峰塔，这是目前全世界最高的两座独立塔楼，是亚洲最高塔之一，具有观光和通信两大功能。塔顶距地面452米，远眺时阳光下的塔身犹如两柄银色利剑直插云端。拍摄双峰塔真需要下点功夫，由于街道太窄，画面总是拍不完整，后来我们干脆跪在地上仰拍，总算勉强把双峰塔收入镜头。

自从1997年建成以来，双峰塔就成了吉隆坡的城标，双峰塔的所有者是马来西亚石油公司，双峰塔之间的天桥是免费对外开放的，但是每天有人数和时间的限制，所以需要早上早点起来去排队领票。双峰塔底层是购物中心，上面有一个科学展览馆，展出一些关于海洋石油方面的知识。这辉煌的建筑设计灵感来自回教，也是超现代化“吉隆坡城市中心”计划的主要部分。塔楼内部有一个国油管弦乐礼堂，即马来西亚管弦交响乐团及国油表演艺术团的大本营。

高原上的云顶娱乐城

我们向云顶出发途中，经过一个黑风洞景点。这是印度教圣地，原是被热带雨林所覆盖的石灰岩山洞，100多年前被探险家发现。洞在半山腰，山下有272级石阶直连山腰的光、暗两洞。洞中开阔高大，无数巨型钟乳石柱由洞顶垂立而下。光洞中供奉着苏巴马廉光都神像，嵌着的珠宝玉石闪烁夺目。

印度教圣地——黑风洞

坐落在海拔1800多米高的云顶赌城，没有索道缆车以前，汽车要蜿蜒曲折行进3个多小时的山路，现在坐索道上山，只需1个多小时就能到达山顶。山路两边的热带雨林里，我们看到了许多野生猴子和松鼠，它们一点也不怕人，在人员出出进进的屋前或大门口蹿来蹿去。热带雨林植物长得很高，细细长长的，非常茂密。

远眺山尖上的云顶度假酒店

云顶娱乐城位于吉隆坡东北方50千米处的任珍高原。天气晴朗时，站在吉隆坡市中心向北眺望，可清晰地看到群山之巅矗立着另外一个城市。云顶高原已经成为著名的高山旅游胜地，也是马来西亚唯一合法的赌场所在地。

云顶娱乐城拥有多国特色风味的室内外餐厅和高尔夫球场，以及其他琳琅满目的娱乐及消遣设备。其中，就有亚洲独一无二的悬天过山车旋风飞、世界仅有的两架超人飞、东南亚最大的雪花堡，以及4D动感立体电影。

云顶娱乐城的成功，创造了一个神话。而创造这个神话的是一位叫林梧桐的中国人。他在47岁的时候，将一座荒山发展成为远近驰名的高原旅游胜地，为马来西亚企业成功史谱下了独一无二与令人鼓舞的一章。

导游告诉我们，据1994年美国《福布斯》杂志统计，林氏的资产逾50亿美元。

林梧桐是世界最成功的亚裔企业家之一。在林梧桐展览馆，我们了解到，林梧桐1918年出生于中国福建省安溪县，父亲从事菜种买卖。他是家中次子。16岁那年，父亲不幸逝世，他被迫辍学，在乡间的路旁卖菜种养活家人。

为了生计，他在19岁时前来马来西亚。从木匠开始，然后他从事二手机械买卖，将所赚取的利润投入小规模铁矿与种植业务，后来创办建发有限公司。凭着坚定的意志与专注的工作态度，林梧桐终于成为A级建筑承包商，完成了许多大型的公共工程。

马来西亚第一任首相——东姑阿都拉曼，在1969年为云顶高原第一间酒店主持奠基仪式时表示，政府会从优考虑让云顶开办赌场，以加速这个偏僻地区的旅游业发展。云顶在1969年获得马来西亚第一张、也是唯一的赌场执照。

1971年，云顶高原酒店开幕。如今，云顶高原是马来西亚数一数二的综合度假名胜地与旅游景点，在2007年吸引了2000万名游客。这个充满活力的娱乐城拥有6个酒店（包括世界最大的酒店）、逾万间客房、引人入胜的乘骑游戏、美食餐饮、购物天堂、大型表演及国际会议中心等设施。

从一个仅有38间客房的酒店开始，林梧桐将云顶拓展成为拥有4万名员工的环球大企业，业务遍布度假名胜、邮轮、种植、发电，以及石油与天然气探测与生产，使云顶成为亚洲显赫的企业集团。

林梧桐于2003年以85岁高龄宣布退休，并将管理事务移交次子。退休后，他在位于云顶半山腰梧桐再也镇的梧桐别墅安享晚年。

林梧桐是著名的慈善家。他通过云顶集团及1978年成立的林氏基金，慷慨地回馈社会。基于他对国家经济与社会所做出的贡献，他在1979年获最高元首赐封“丹斯里”头衔（“丹斯里”是马来西亚国家荣誉，由国家元首册封给对国家有极大贡献的杰出人士，意为“护国将军”），并在2005年获得拉曼大学荣誉博士学位。

新城——布特拉再也

马来西亚的布城，是布特拉再也的简称，又称太子城，是马来西亚的新行政首都，位于吉隆坡以南35千米处。

在布城建立一个新的联邦政府行政中心的构想，是从20世纪80年代后期开始酝酿的，其目的在于确保吉隆坡继续发展成为马来西亚的主要商业和金融中心。这个“智慧型花园城市”保留着马来西亚的传统遗产精粹，至少1/3的地区仍然保留着大自然的翠绿景色，林园、湖泊及湿地，是马来西亚珍贵的绿色瑰宝。

来到布城，我们便被这座新城的新颖、庄严和生动所吸引。竖立在道路两旁、设计为火炬和大型风筝造型的街灯，仿佛张开双臂热情欢迎每一位来到这里的游人。

布城的中心是布特拉再也湖。这个占地650万平方米的人造湖也肩负着调节气温的作用。湖水的水质很好，达到国家水质标准及国际水上运动必须符合的水质规格。它现在已成为各种水上运动活动主要的场地，包括一级方程式赛艇锦标赛和亚洲独木舟锦标赛。

总理府壮观的建筑群坐落在城市的主要山丘上，它是马来西亚政府的行政机关和马来西亚总理的办公处。

普特清真寺，也称为粉红清真寺，这座3/4建于湖面上的水上清真寺是马来西亚目前最大的清真寺之一。它位于总理府和布特拉再也湖的右边，可以同时容纳1.2万人在此做礼拜。它分为上下两层，二楼供4000名女子专用，楼下为8000名男子使用。每当做礼拜时，清真寺那高高的宣礼塔内播放的古兰经，悠扬地萦绕在上空，旋律十分悦耳。

布特拉再也湖

布城独立广场，位于总理府对面，非常宽阔，中心有装饰着各色鲜花的喷水池，水池周围迎风飘扬的是代表马来西亚13个州的旗帜。这是一个在公众假期举行各种节日庆典和游行的地方。

布城总理府

太子桥，是该市的基本要道。全长435米，由3层组成：一层是用来行走单轨列车；一层是供汽车行使；一层是供行人行走。太子桥连接政府和综合发展区。

千禧纪念碑是华盛顿特区的华盛顿纪念碑版本，被认为是布城的国家历史遗迹。千禧纪念碑是一个金属尖塔，有68米高，上面记载着马来西亚历史上的重要时刻和重要事件。

布城的太子桥

木槿花园中的木槿花是马来西亚的国花，漫步于园中可以看到2000多种木槿植物。

布城亚拉曼达购物中心是该市的第一座购物中心，这里有各式各样的商店、餐厅、保龄球场、电影院和美食广场。我们在建筑现代华丽、设施配套完善的中心餐厅内，看到当地人吃饭是用手来抓。油腻腻的饭菜，用手塞到口中，于是满手满口都油腻腻的了，我们感到十分好奇。

导游告诉我们：马来西亚人习惯用手抓饭吃，每人面前两杯清水，一杯是饮用水，一杯用于清洁右手手指。他们用右手吃饭，用右手接递物品。左手绝对不能接触食物，马来西亚人认为，左手是肮脏的。马来西亚人很喜欢喝咖啡、红茶，也爱嚼槟榔，他们也喜欢用这些东西招待客人。

马来西亚人十分讲究礼节、礼貌，是一个文雅的民族。见面问候有特殊的方式，握手时只有当女性主动伸出手，才可跟她们握手。当马来西亚人见面的时候，他们会相互握手，然后把双手交叉着放在胸前。

历史辉煌的马六甲

马来西亚旅游的最后一站是马六甲市的游览。

马六甲市是马来西亚历史最悠久的古城，马六甲州的首府。它位于马六甲海峡北岸，马六甲河穿城而过。该城始建于1403年，曾是满剌加王国的都城。数百年来，华人、印度人、阿拉伯人、暹罗人及爪哇人相继来到马六甲，经过长期的交流，语言、宗教、风俗习惯等汇成特有的文化风貌。这里有中国式的住宅、荷兰式的红色楼房和葡萄牙式的村落。市内古时修建的街道，至今依然保存较好，街道曲折狭窄，屋宇参差多样，很多住房的墙上镶着图案精美的瓷砖，窗上镶龙嵌凤，古色古香，处处显示出马六甲这个历史古都的独特风貌。

跨过马六甲河桥，在河的东岸有一个整洁的广场，广场上有一座红色的钟塔和维多利亚时代所建的喷水池。广场四周都是荷兰式的红色建筑物。它们是荷兰人在东方保留下来的最古老的建筑物，大约在1641—1660年建成。其中最大的一座古老建筑物就是正对广场的荷兰式惹兰叻参红屋。300多年来，它一直是政府机关所在地，直到1980年才改为马六甲博物馆。

荷兰式惹兰叻参红屋有厚厚的红砖墙，笨重的硬木门，门前是宽阔的石级。馆内保留了马六甲各个时期的历史遗物，包括荷兰古代兵器，葡萄牙人16世纪以来的服装，马来人的婚嫁服饰，金、银、珠宝等手工艺品，以及在马六甲港口停泊的各类古代船只的图片等。馆内还收藏着稀有的古代钱币和邮票。

荷兰式红屋

马六甲船博物馆

葡萄牙城山在马六甲市西南，靠近马六甲河口，是马六甲苏丹拜里米苏拉将中国明成祖赠送的金龙文笺勒石树碑之处。明成祖曾封此山为“镇国山”，此山后又称“圣保罗山”。山下有一座古堡，又称“圣地亚哥碉堡”，是当时的葡萄牙殖民者为防范被击败的马六甲王国军队的反攻而修筑的。

圣地亚哥碉堡与山顶圣保罗教堂遗址

现在能看到的是一片残墙断垣，只有古堡城门楼依然屹立。这座高30多米的城楼，壁上雕刻着当年葡萄牙军队的许多图案。城堡内几块石碑保存完好，给人类留下了若干史实。在马六甲郊区的海边，葡萄牙建筑风格的村落仍保存完好，住在那里的是葡萄牙人的后裔。令人惊奇的是，他们至今仍说着16世纪的葡萄牙语。

在圣保罗山的山顶有一座圣保罗教堂，是葡萄牙总督阿伯于1511年修建的，是欧洲人在东南亚修建的最古老的教堂。教堂几经战乱被毁，但教堂前全身洁白的圣芳济各雕像，虽历尽沧桑，面目仍然清晰可见。

独立宣言纪念馆曾是马六甲俱乐部，建于1912年。如今它收藏了马来西亚独立前后的照片以及马来西亚第一位首相东姑阿都拉曼的肖像。游客可看到所展出的历史性的文件、地图、条约、录像带、影片、会议记录、新闻稿及有关争取独立的文件和资料。

马六甲城内有一条三保街。沿着这条街走，就到了著名的三保庙。它是为了纪念1405年至1435年间7次下西洋的中国明朝三保太监郑和而建的。郑和曾7次到过马六甲。当时马六甲王国首领曾25次到中国访问。

三保庙四周绿树环绕，林木成荫，十分幽静。庙的大门绘有两个身披战袍、手执刀斧的将军的画像，威严英武。门柱两旁写着一副对联：“五百年前留胜迹，四方界内显英灵。”庙内中央一尊戎装佩剑的郑和像，上挂“郑和三保公”横幅，两旁排列着许多文官武将的像，这表达了后人对郑和的颂扬和怀念。这座庙建于1673年，整个建筑飞檐翘角，红柱粉墙黛瓦，富含中华民族建筑元素。据说，所有建筑物的材料，哪怕是一砖一瓦，都是从中国运来的。

马来西亚独立宣言纪念馆

寺内香火甚盛。庙门口有一对金色的狮子，周身金光耀眼，只是狮子的头顶部金色已脱落。信徒们认为，走过狮子身旁，抚摸它的头顶，会带来意想不到的好运。

三保庙

在葡萄牙广场上，一位年龄五六岁的马来小姑娘悄悄地观察我们，好奇的大眼睛里透出纯真小女孩的羞涩。她头戴黑色面纱，身着橘黄色短衫，躲在广场中央的石台栏杆后面。我们用相机捕捉她的身影，马来小姑娘一边躲闪，一边不时露出一只大眼睛瞄着我们，后来她便跑下栏杆，直奔不远处她的父母身边。

马六甲海岸的余晖

这是一个幸福的六口之家，父母友好地向我们点头微笑，示意小姑娘配合我们拍照，我们用相机记录了这一美好的瞬间。得到小姑娘家人的允许，我们把小姑娘抱在怀中合照。小姑娘的父亲非常理解我们的善意，主动地让他一大家子和我们合影。我深深体会到，马来西亚人对中国游客是非常友善的。

热情友好的马来西亚一家子

伴着新年第一轮太阳的余晖，我们来到马六甲海峡大桥，迷人的马六甲海面波光粼粼，壮观的建筑矗立岸边，橙红色的斜阳倾射在滩头的树丛中，一群群白鹭时而低空盘旋，时而荡立枝头，时而落入碧水中嬉戏。辽阔无垠、风光旖旎的马六甲海峡，蕴藏着多少可歌可泣的历史故事。站在壮观迷人的画面之中，我们仿佛只是一颗沙砾，多么渺小，多么轻微啊！

这是泰新马旅游的最后一站，明天就要返程回国，此刻，我还真是有点恋恋不舍。我们奇怪，这一次泰新马之旅为什么没有远离家乡的感觉，也不感觉身体疲惫？记得前几年出游欧洲，离结束还差好几天呢，就盼望行程早点结束，赶快回北京。我们徜徉在马六甲海峡大桥上，情不自禁地张开双臂，呼吸着清新湿润的空气，享受着凉爽的海风。

Chapter 4

人在舟中便是仙

——新加坡马来西亚文化之旅

这是一次文化方面的活动，《中国书画家报》和中新文化促进会在新加坡组织一次书法展，我受到邀请。但正赶上好些国家爆发了禽流感，家人怕我传染上禽流感，又加上我刚刚去过泰新马旅游，所以都不同意我去冒这个险。但我没有拒绝王世震会长和李浪木社长的盛情，勇敢地上路了。新加坡美术总会会长梁振康先生和他的夫人、儿子以及新加坡收藏协会会长梁奕嵩等到机场迎接。

我不懂书法，认识王世震是在十几年前山东德州采访时，而后又参加了他在德州的人口文化活动以及他组织的楹联书法大赛的报道。那时，我并没有想到他能取得这等辉煌的成就。

此时，在新加坡布莱德岭文化艺术活动中心看着展厅这挂满四壁的书法，我很惊讶。他的书法篆、隶、行、草皆工，尤其以行、草、隶书风格鲜明。有专家说，王世震的隶书流畅清雅、风神洒落、筋骨结实、字字秀丽、超逸而又各尽其致。其象形书法作品，已经博大崇高，大气壮阔，淋漓酣畅。

★ 新加坡的娘惹菜馆

早餐是在娘惹餐馆，上次来新加坡也来过这家餐馆。

导游韩小姐告诉我，娘惹菜肴其实就是中国菜肴和马来菜肴的混合体，其特点是闽粤菜作为主食材料，用南洋的香料和佐料调味。土生华人是300多年前移民马来群岛的华人后裔。娘惹，是华人的男子娶了马来女子所生的女儿。18世纪中叶之前，中国女人很少有踏出国门的，所以，华人男子来马来多数娶了当地马来姑娘为妻。我们就餐的娘惹餐馆，已经是娘惹餐馆的第三代分店了。

第一家娘惹餐馆是1953年由现任餐馆叶先生的爷爷创办的。叶老先生在一家非常富有的娘惹家担任主厨时练就了一手好厨艺，由于善于烹饪娘惹大菜，叶先生也是早期承办婚宴的行家，他们的主打特色菜便是肉塞鸡。可惜我们吃的是旅行餐，无缘吃到正宗的肉塞鸡了。虽然吃不到中马结合的名吃，但中华民族的美食得以在马来的土地上扎根，作为华人的一分子，我们也还是非常自豪的。

上午参观的地方和上次参观的完全一样，只是相伴的人员完全不同。我像导游似的，带着大家游览。

晚饭后，我们漫步于新加坡河河畔的克拉码头，昔日繁忙的货物起卸岸及贸易

新加坡河河畔的克拉码头

走过吊桥就是亚洲大陆的最南端

中心，今日经改造发展后已成为灯火辉煌、五彩缤纷，有200多家商店、餐饮店、酒吧和娱乐场所的繁华城市。驳船码头在克拉码头的下游，往来的船只搭载的不是货物，而是来自世界各地的游客，成为市区沿河最具吸引力的娱乐场所之一。

第一次感受印度庙

再游花芭山时，与上次看到的景象完全不同。上次的船形餐厅观景平台改成了新加坡国花蝴蝶兰的花园；再游圣淘沙岛时，没有去山上37米高的大鱼尾狮，而来到了圣淘沙岛的海湾。蓝天、白云、碧水、银沙、木亭，婆娑的椰林，摇荡的吊桥，艳丽的小船，不少在此度假的外国人带着孩子们在浅滩嬉戏。我们仿佛置身于中国海南岛的三亚，尽管今天的气温高达34℃，可是我们的玩兴仍然很高。

在花芭山上远眺新加坡市区

牛车水是上次没有参观的地方，位于新加坡市区。中国城被称为“牛车水”，是因为原本的居民都以牛车拉水来清扫。如今的牛车水与现代购物中心、各色小店铺和百年老店毗邻。牛车水最令人兴奋的莫过于农历新年期间，整个地区张灯结彩，各种小店、杂铺都焕然一新。如果想祈福的话，不妨到牛车水佛牙寺，正殿供奉了一尊庄严的弥勒佛。

到了牛车水不得不说的就是天福宫了。天福宫所在地址落亚逸街位于闹市区，原本临海。中国移民为祈求航海平安、酬谢神恩，1839年建了这座道教庙宇，是新加坡最古老、香火也最鼎盛的道教庙宇之一。船员在出海前会来此祈求妈祖娘娘保平安，也使得这一带成为商业、宗教及建筑的中心。

最让我印象深刻的是马里安曼兴都庙，这是一座印度庙。

寺庙大门高25米，雕刻着极富色彩的印度教的诸神、动物、人物等，香烟缭绕，信徒虔诚祈祷，庄严肃穆，给牛车水一带增添了一种异样的气氛。这是新加坡最古老的印度教寺庙，主要架构是在1843年左右建成的，而神庙墙上大量的神像、门上的铃铛装饰、天花板上的壁画，则是后期才加上的。门上嵌着许多铃铛，入内参拜

新加坡马里安曼兴都庙

前要先脱鞋，不少印度男士还到旁边的自来水龙头那里冲脚。

导游韩小姐告诉我们：“跨入庙门的同时，要摇一下挂在土黄色大门上的铁铃铛，说一声‘我来了！’离开的时候，不能忘记再说一声‘我走了！’”还没跨进庙门，便能望见入口处高高的塔门。整座塔身塑满了各种神灵和圣兽栩栩如生的雕像，信徒们从远处便能瞻仰、诵经、祈祷。庙内有不少信徒跪地长磕，还有的在顺时针绕着大殿转圈，据说这样能给人带来好运。

马里安曼兴都庙大门上挂着许多小铃铛

来印度庙的除了参观者，多是前来朝拜的当地印度人。他们对庙里的祭司非常虔诚，信男善女自动排成长队，等待祭司唱完一首歌，然后逐一为他们洒圣水或发一种绿色的植物叶子。

眼前的祭司，身材魁梧高大，上身裸露，下着金色宽大收口裤子，光着脚板，皮肤棕色，面部严肃，五官端正，鼻子高挺，宽阔的脑门上画了3条白色的竖线。

找用相机记录着我看到的一切，我所拍到的印度人都非常友善，看到我的相机对准他们都非常配合，抱起孩子，面带微笑，甚至一家人摆好造型让我拍照。得到一位家长的许可，我还抱起一个印度小姑娘，和她的妈妈合影留念。

新加坡土生华人博物馆，是华人文化与南洋文化融合的独特产物。这座博物馆位于亚美尼亚街39号，该馆展品丰富，包括土生华人文化的历史进程和民族发展两个方面，既有物质文化遗产如银器、瓷器、珠宝、纺织品等，也有非物质文化遗产如语言、食物和宗教仪式等。

新加坡裕廊飞禽公园饲养了600多种、9000多只飞鸟。园内的飞禽表演很是吸引人，驯鸟者一声呼唤，巨大的雄鹰、猫头鹰从天而降；各种鹦鹉在表演者的指挥下不仅会说“再见”“哈喽”，还会模仿狗叫、猫叫、鸡鸣，充分显示了鹦鹉高超的模仿能力。

★ 马来西亚二度游

早餐过后，我和几位山东朋友踏上了马来之旅。

接我们一行的是马来一家旅行社的导游兼司机——黄成福，他的坐骑是7座商务奔驰。黄成福个子不高，胖胖的，说话很幽默，是第三代华裔马来人，祖籍是中国广东增城。

到马六甲已经是下午一点多了，我们在马六甲市一家许多名人光顾过的“古城鸡饭粒”餐馆，品尝了马来特色美食。这是地道的特色餐馆，口味相当不错。马六甲的行程、景点都与上次相同，因为天热，加上我的腿也不利落，所以，荷兰红屋、葡萄牙城堡、圣保罗教堂等建筑，我就没有下车游览。

马六甲海边的清真寺建筑

在马六甲海峡的海边，一处新的清真寺建筑格外恢宏，白色尖塔直刺苍穹，精美的伊斯兰教堂兼顾了悉尼歌剧院和清真寺建筑风格，蓝色点缀的金色圆顶、周边搭配着四个红色的小尖顶，雪白的墙壁镶嵌了一道拱形的绿色玻璃窗，一直延伸到大海的深处。

第二次登上云顶

等我们赶到云顶高原度假胜地时，已经过了晚饭的时辰，加上云顶游客非常多，酒店的工作效率也不敢恭维，拿到房卡住下时，已经是晚上9点25分。幸好我们在路上品尝了不少马来新鲜水果，什么番石榴、木瓜、杧果，加上紫薯、煮花生，所以一点儿不觉得饿。

原打算自己悄悄溜到外面一睹云顶夜色， 到曾经为了拍摄云顶第一世界酒店（Hotel First World）而遭遇暴风雨的地方重游，再拍一张清晰的酒店全景。可是夜空中又下起了细密的雨点，气温骤降。千万不能感冒，马来入关时差点被当成了甲型流感的“嫌疑犯”，只要现在一发烧，非把我隔离起来不可。我只好忍住故地重游的念头，企盼明早雨停再完成拍照的愿望吧。

天遂人愿，当我只身游荡在商业闹市区时，发现自己就住在上次拍照的那幢彩色大楼——第一世界酒店里面。我真想马上拨通电话，把这一巧合告诉上次与我同行遭遇暴风雨、现远在北京的“驴友”。

凌晨4点多钟，我打开窗户，一股冷风吹来，我不禁打了个冷战。从15层的窗户向下望去，雨点变成了雨雾，在窗前急匆匆地闪过，我感觉自己就飘在云层里，一

晨曦中的云顶游乐场

云顶云海

躲在云雨中的云顶彩色度假酒店

切都变成了朦胧的青紫色，霓虹灯稀稀落落，赌城喧闹的游乐园和耸入云霄的建筑都显得格外静谧。但愿天色大亮时能够云散日出。

早餐后，外面的雨还在下着，但云雾逐渐远离我们下榻的彩色大楼，松散地绕在附近大大小小的山头上，突然一股云瀑从青色山头向山谷涌泻，煞是磅礴壮观！我情不自禁地拍下了这难得一见的美景。跟着云层的变幻，我把相机伸到大楼的窗外，贪婪地抓拍瞬间即逝的云雾。还想方设法躲开大楼窗外不知做何用的绳索，如愿拍摄到了上次未能拍到的第一世界酒店的画面。

下山时，雨停了，天空仍然阴沉。好心的黄成福导游兼司机，也许为安慰我们山上拍摄的失望，把我们带到了半腰中的“蓬莱仙境”，进行了一番计划外游览。这是我上次乘索道上山难以见到的景点，里面讲述的是一个很中国化的八仙过海的神话故事。

Chapter 5

千形万象竟还空
——尼印感怀

释迦牟尼诞生于尼泊尔，佛教诞生于印度，但尼泊尔是世界上唯一把印度教奉为国教的国家。而诞生佛教的印度，又逐渐动摇了佛教曾经作为印度国教的至高无上的地位，这里面到底发生了什么？带着这样的问题，我们踏上了尼泊尔、印度之旅。

★ 虔诚的宗教国——尼泊尔

尼泊尔位于喜马拉雅山南麓，被誉为“高山王国”。北邻中国，其余三面与印度接壤，国土面积14.72万平方千米。尼泊尔的国旗外形由两个三角形组成。

尼泊尔境内分布着众多的“极高山”（海拔超过6000米以上的高山被称为极高山）。地球上最高的14座山峰中，有8座全部或部分位于尼泊尔境内，它们的海拔全部在8000米以上。这些地球上最高的山峰共同构筑了我们地球村的屋脊。

尼泊尔是亚洲的古国之一，古代尼泊尔境内有很多小国家。公元前6世纪已建立王国。1814年，英国侵入，爆发了尼英战争。1816年，英国迫使尼泊尔签订不平等条约。1923年，英国承认尼泊尔独立。1951年，尼泊尔实行君主立宪制。1962年，宪法规定尼泊尔为印度教君主国。1990年，尼泊尔实行君主立宪的多党议会民主制。2008年，废除君主制，成立尼泊尔联邦民主共和国。

尼泊尔连绵的雪山

飞机快要降落之前，我们看到了一望无际、巍峨壮观的茫茫雪山，飞行在雪峰之巅，皑皑群峰在太阳的照耀下透射出金色的光芒。啊，太震撼了！我们好似展翅的苍鹰，翱翔在世界屋脊的上空，在降临尼泊尔之前就欣赏到如此壮丽、难得一见的大自然画卷， 真是幸运！只可惜没有人指导我们辨认哪一座山峰是世界第一高峰——珠穆朗玛峰。

加德满都机场很小，只有3000多米长的飞机跑道。砖砌的航站楼显得比较陈旧，是尼泊尔唯一的国际机场，距市区6千米。

接机的尼泊尔导游小谢早已等候在那里，手举一张A4大小的白纸，上面写着“北京贵宾一行五人”的大黑字。

按照尼泊尔的礼仪，我们每人脖子上被挂上一串黄色鲜花做成的花环。接机的面包车只有6座，却要挤上我们5位加上导游和司机共7个人。我们的行李箱都被绑在了车顶的行李架上。临时领队当即婉转地提出：“我们暂时这样挤一挤可以，如果几天的旅游都这样用车，大家会很难受的。”小谢很朴实，当即给他领导打电话反映，同意第二天换大一点的车。

面包车载我们开往市区吃午饭，一路上看到城市街道两侧到处是垃圾与尘土，楼房破旧，到处是大大小小毫无规划的广告牌、电线和商家的匾额。不少汽车掉了漆或者打着“补丁”。汽车品牌其实并不差，有许多宝马、尼桑、丰田、现代，还有不少中巴、小巴以及崭新的出租车，但更多的是电动小三轮车。整体感觉交通管理比较混乱，占道、抢道、随便乱停车。在加德满都最受欢迎的要数电动小三轮车了，里面常常塞满了人，敞口的后门梯子还要站上两三个人，有的人身子挤进车厢，而两腿则在车厢外面，有胆大的小伙子干脆站在车梯子上，用手抓住车棚架栏。

加德满都最受欢迎的电动三轮车

第一顿尼泊尔午餐，是在尼泊尔人开的中餐馆，饭菜味道还挺正宗的，甚至比中国人做的还要清爽。午饭后，我们开始了加德满都的游览。

帕坦——最古老的佛教城

加德满都是历史名城，1768年起成为尼泊尔首都，为全国政治、经济、文化中心和交通枢纽。今天所说的加德满都是指加德满都河谷，其实是由加德满都、帕坦还有巴德岗这3个古城组成的一个大城市。此行我们游览的重点是3个古城中的3个杜巴广场（也就是古王宫广场），这3个古城也是联合国评出的3个世界文化遗产。我们首先来到帕坦古城。

据说，释迦牟尼和弟子阿难曾在加德满都谷地的帕坦居住过一段时间，而且把当地的铁匠阶层提升为金匠阶级，并将自己的族姓释迦赐给了他们。帕坦有着悠久的佛教历史，与加德满都只一河之隔，城市四周建有佛塔。城市中心的杜巴广场到处是各色各样、风格迥异、饰以大量雕刻艺术的神庙，犹如建筑博物馆，是尼泊尔所有建筑中最出类拔萃的寺庙，建筑密度比加德满都市或巴德岗市要大许多。

帕坦，尼泊尔语的意思是“商业城”，是3个古城里历史最为悠久的城池，建于298年，位于巴格马提河畔，是加德满都河谷古代商业中心，还是木雕和金属雕刻手工艺中心。在马拉王朝时代，这里大部分民众就以建庙为生，加德满都几乎所有的庙宇都是出自帕坦工匠之手。这里无论是金属的雕塑，石材的雕塑，还是木料的雕塑都十分精美，素有“精致的艺术之城”的美称。

佛塔基座的雕塑

帕坦的千佛塔，就坐落在普通民居组成的四合院中。沿着曼加尔集市步行5分钟左右，来到一个不起眼的胡同，进入一个不起眼的小门，里面竟深藏着一座千佛塔。如果没有导游的带领，我们大概很难找得到。

帕坦千佛塔

深红色的千佛塔下，释迦牟尼佛祖金身坐像居于正中，5层佛灯前供奉着佛祖的法器，铜质的佛油灯里火苗闪烁着。这座造型精致绮丽的塔庙又称大觉寺，建造于1585年。整个佛塔是由9000多块巨大的陶砖砌成的，塔基高5米，分为5层，四角各建一小佛塔。举目仰望，塔顶在阳光的照耀下呈现金黄色，格外耀眼。塔尖垂下铜质的流苏，犹如上天下垂的金色哈达，塔身共雕有9900多座佛龛佛像。这座大觉寺佛塔，堪称尼泊尔陶制工艺的杰作。

穿过狭窄的过道，来到千佛塔后面的小院，这里竟是一所民居的后院。二层玻璃窗前一位头戴尼泊尔帽、鼻子上架着眼镜的老人，正坐在面对佛塔的地方看书，神情肃穆。旁边的一座小佛塔里供奉着释迦牟尼铜身像和佛祖母亲的塑像，更加印证这是一个佛教圣地。院落光线较暗，两面侧房已成为佛家纪念品展卖店铺，里面的佛家用品不只有佛教用品，印度教男女合欢雕像也堂而皇之地摆放在最显眼的位置。难怪有传说，在尼泊尔神灵无数，神庙无数，各教派之间高度融合。

尼泊尔建筑艺术的奇迹

随后，我们来到帕坦的杜巴广场。

广场内塔庙林立，整个东部都是帕坦的皇宫。虽显陈旧，但排列整齐，雕梁画栋，富丽堂皇。皇宫的一部分是在14世纪建成的，但主体建筑是在17—18世纪完成的。帕坦的皇宫最古老，年代比加德满都和巴德岗的皇宫更久远。西侧有16座造型各异的寺庙参差错落，古朴壮观。

帕坦的杜巴广场是由3个主要乔克（庭院）组成，即中央摩尔乔克、桑达里乔克和克沙尔纳拉扬乔克，这里林立着雕工精细的石佛塔和庙宇。广场隔街相对的皇宫庭院，是帕坦的旧宫，马拉王曾住在这里，其中以塔莱珠女神庙最有特色。

塔莱珠女神庙建于1549年，为一座三重檐镏金宝顶庙宇，高40多米，是加德满都最高的寺庙建筑，具有典型的尼泊尔建筑风格。塔莱珠女神庙建在高12层的台基上，其中第八层最宽，砌有一道矮围墙，墙内外共有16座玲珑剔透的一重檐金顶小庙。第八层以上的石阶两旁，立有雄狮、怪兽和力士石雕。台基上的女神庙四面均有入口，朝南的正门为金门，塔莱珠女神就供在金门上方的半圆形门楣中央。

帕坦的杜巴广场

这位多手女神仪态端庄，身材健美，手中握有剑、戟、棒、环等多种武器。台基下临街朝西的院门为圆柱形拱门，上面布满了圣水罐、鳄鱼、盘龙、花卉等色彩绚丽的雕塑饰物。女神庙的3层顶檐全部以镏金铜质瓦板铺盖，檐下挂着一排排小铜铃，它们随风摇曳，不时发出悦耳的响声。

塔莱珠女神庙大钟

庙檐四角微微上翘，檐角下各悬挂一刻有神像的铜质华幔或象征吉祥的铜制圣坛。庙檐由一排排木柱支撑，檐柱上刻满了色彩鲜明的印度教众女神像。女神庙顶部为镏金宝顶，宝顶中央是一座稍大的尖塔，四角各有一座小尖塔相陪衬。阳光下，女神庙的镏金宝顶和铜质顶檐金光闪耀。

塔莱珠·巴瓦妮女神是马拉王朝最受尊崇的女神，被马拉国王奉为家神，因此，塔莱珠女神庙比一般寺庙建得高大。塔莱珠女神庙每年只开放一次，其他时间只供王族瞻礼。除塔莱珠女神庙之外，在尼泊尔还有两座高大的寺庙，分别为黛姑塔莱珠庙和太后庙。黛姑塔莱珠庙同塔莱珠女神庙一样，也是马拉国王们最崇拜的女神，所以两座女神庙除了台基不同外，在建筑风格上极为相似。太后庙建于17世纪，因系马拉国王布伯伦德拉之母拉克丝米太后所建而得名。太后庙为3层瓦檐的湿婆神庙，建在9层台基之上，庙前竖有爱神雕像。让人感到奇特的是，这座印度教寺庙的顶部，是一座尖顶佛塔，这是在尼泊尔寺庙建筑中绝无仅有的。

大名鼎鼎的黑天神庙——克里希纳庙，是尼泊尔建筑艺术的奇迹。这座完全用石块砌成的庙宇，据说整个庙宇无片木寸钉，仅仅靠着石块自身的拼接完成了这座有20个小塔亭、高5层的塔式建筑。整座塔庙建筑宛如一件精细的石雕工艺品，被誉为“尼泊尔建筑艺术的奇迹”，是世界石雕建筑的杰作。

这座黑天神庙是一座印度教神庙，由王室建于1667年，所以规模要比普通神庙大些。外观上看，整个神庙坐落于高台基之上，没有围墙。朝东的基座上有两对石狮，沿阶而上，第一层四面由许多雕花石柱支撑；第二、三层均由8座小塔亭组成；第四层则有4座塔亭；在4座塔亭之上，一座宝塔巍然耸立；最上面再冠以大型镏金宝顶。在主殿的圣所正上方，矗立着一座有21个镏金塔顶的竹笋状主塔。除塔顶外，其他部分完全用石头建造，塔亭的栏杆间雕刻着印度古典史诗《摩呵婆罗多》《罗摩衍那》中的图像，神像和鸟兽都栩栩如生。

供奉主宰宇宙之神的性庙

广场中央还有一个六角形石柱，帕坦国王盘坐在高高的石柱顶端，眼镜蛇从其后罩住国王头顶，还有一只小鸟站在其上。据说，只要小鸟在，国王就永远活着。为确保小鸟不会飞走，对面王宫的窗户永远是敞开的，而且备有食物和水。

来到周围梁柱上都雕满男女交欢图腾的建筑前，导游告诉我们，这是被印度教尊为主宰宇宙之神的性庙，里面供奉着象征湿婆神的男性生殖器官——林迦，吸引很多当地女子来这里烧香求子，因而这座寺庙又叫作求子庙。但外来游客第一次在光天化日之下，目睹这种本应属于私密的画面，似乎都觉得有些不自在。

杜巴广场的梁柱木雕

据说，在很久以前，尼泊尔曾经发生过一次极其严重的生存危机，在这次危机中，绝大多数男性都死亡了，只有极少数存活下来的人还懂得性的知识。为了保证种族的繁衍生息而不致灭绝，所以，尼泊尔的每个广场上都建起一座性庙，将各种性图腾刻画在庙宇的梁柱上，向民众传播性的知识。建造性庙后，经过多年的努力，种族渐渐得以恢复，于是性庙就作为一项传统建筑留存了下来。

湿婆神庙里之所以有这么多男女交欢的雕刻，原因是印度教徒相信，湿婆和性力女神的结合，是创造生命的原动力。性崇拜是印度教信仰非常重要的内容，他们认为人类性意识的升华可以达到与神合一的目的。

帕坦的杜巴广场上还有一座著名的金顶塔式佛教寺庙，包括一座1409年建造的金顶小圣堂。金庙内的屋檐、宝顶、大门、佛像全用纯铜铸造，金光灿烂，是精美

金顶小圣堂

寺庙里象背上的女神

帕坦的居民住宅区

的古代铜铸艺术珍品。但守卫在金庙门口的雌、雄两座石狮却与寺庙内的金碧辉煌反差较大。

主殿内有一尊精美的释迦牟尼神像。院子里还收藏着14世纪的雕像、经文及精美的壁画。两尊女神骑在大象背上不分昼夜地默默祈祷。据说，寺庙的住持是一个年仅12岁的男孩，他要为寺庙服务30天，然后再将工作转交给另一个男孩。

在狭窄的马路上，我们遇到一支迎亲的队伍。走在最前面的是穿着整齐划一的服装、吹吹打打的乐队，中间是一辆挂着鲜花的婚车，里面的新人被深色的窗纱遮挡而无法看见。迎亲的人们跟在婚车后面行走，女性穿着鲜艳的纱丽，男性穿着整洁的西服。

晚餐是在加德满都市内繁华大街的一家豪华咖啡厅，楼上四层有中国餐。据说，这条大街相当于北京的王府井大街。晚餐后汽车穿过被人称为老外街的泰米尔街，入住百霞里酒店。这是一家相当于三星级的酒店，看上去刚刚装修过，装修的气味还没有完全散尽。工作人员非常热情，为每位新入住的客人端上鲜榨果汁。我们乘电梯上5层，进入房间的第一个动作就是开窗通风。

文明熏陶下的巴德岗

清晨，推窗而望，远远地可以看见朦胧的佛塔。待太阳升起时，佛塔便清晰起来，金光闪烁，早晨自助餐吃得还不错。

今天游览重点是巴德岗古城。巴德岗也称巴克塔普尔，梵文意为“信仰之城”或“虔诚者之城”，位于加德满都以东14千米，是尼泊尔第三大城市。13世纪，马拉王朝在这里定都，直到1768年，这里都是尼泊尔的政治、文化中心，也是中世纪尼泊尔艺术和建筑的发源地。

巴德岗令人着迷之处在于，它将现代和过去自然地融合在一起。这在很大程度上要感谢由德国人资助的“巴德岗发展计划”，这一计划在20世纪70年代致力于修复建筑、铺路、修建排水和污水管理设施，使整座城市变得整洁有序。有位英国学者曾经说过：“如果整个尼泊尔不在了，只要巴德岗在，就值得你飞过半个地球来看她。”

难怪行驶在巴德岗的马路上，突然感觉城市明显整洁宁静，马路上垃圾不见了，人们的衣着也比较讲究。进入巴德岗城要先买票，外宾一般收费1100尼泊尔卢比，而出示中国护照只收100尼泊尔卢比。小谢导游告诉我们，尼泊尔对中国人实行优惠政策，是由于中国对尼泊尔的援助。

1973年，中国对尼泊尔援建了普利斯维公路，也就是从西藏樟木口岸出发直达加德满都的“中尼友谊公路”。巴德岗因为这条公路重新恢复了中世纪的繁华，渐渐成为尼泊尔著名的旅游景区。因为中尼人民之间的这段伟大友谊，于是在巴德岗杜巴广场，中国人可以凭护照享受尼泊尔国民的待遇。身处异国他乡的我们，能够享受到这样的礼遇，心中不免充满骄傲，为祖国，也为自己是一名中国公民而自豪。

巴德岗是在12世纪由安南达・马拉国王正式兴建的。早在通往中国西藏的商路开通之时，它的历史就已经开始了。从14世纪到16世纪，巴德岗是加德满都谷地3个马拉王朝中最强大的，在巴德岗全盛时期，这里曾经有172座神庙和寺院、77个水槽、

树神庙

172座朝圣者休息所和152口水井。

在14—16世纪，巴德岗是加德满都谷地的首都。当时，城市的中心位于西部的宫殿广场一带。城中的许多建筑始于17世纪末。巴德岗是中世纪尼泊尔艺术和建筑技术的发源地，这里拥有尼泊尔最古老的庙宇、最吸引人的老房子和著名的孔雀窗，以及马拉国王的金身塑像、高耸而造型优美的尼亚塔波拉神庙。

树包塔

靠近城门的地方有一座砖砌的小神庙，神庙被一棵古树紧紧地揽入怀抱，日积月累的能量蓄积，古树已经把砖砌的小庙拥抱得变了形状，形成“树包塔”的奇观。靠近城门的地方，也有一棵巨大的古树，人们依树盖了亭子，里面设祭台供奉。树的前面是一对彩色的石头狮了，旁边还有一个类似中国磨盘的祭台，中间有一圆顶的凸起，周边有一个开槽的大圆盘，供奉的牛奶等液体可以顺着开槽流走。导游说这是印度教的林迦，上面的突起象征男性生殖器；下面的圆盘底座称为“约尼”，象征女性的生殖器。

穿过城门楼和一条挂满图画的街道，便来到古城中央。一队尼泊尔中学生在老师带领下前来进行宗教课的实地教学，中学生们边听边认真地做笔记。尼泊尔真不愧为一个虔诚的宗教国，学校的教程都安排了宗教内容。有几个小女孩配合我以街景为背景拍照后，拥到我的身边与我合影，笑容非常灿烂。

巴德岗在海拔1401米处，仍保留着中世纪的魅力。城中心由4个广场组成，它们分别是杜巴广场、陶玛迪广场、塔丘帕广场和陶器广场。

我们首先来到了巴德岗的杜巴广场，最深的印象是整洁干净。这里坐落着不同时期、不同风格的各种建筑，老皇宫、佛塔、印度教寺庙、石塔、雕像，有“露天博物馆”之称。除了各种精美的寺庙，这里还是鸽子们群居的天堂。成千上万只灰白的鸽子漫天飞舞，呼啦啦一会儿铺天盖地在天空盘旋，一会儿落满古老建筑的屋顶。单有那么一只大胆的鸽子，偏要落在广场中央国王塑像的头顶上，好像自己是这座古城的最高统帅。好在国王并不在意，还是一如既往地稳坐在高高的圆柱顶端，沉浸在对往事的回首之中。

杜巴广场也称皇宫广场，因为马拉王朝的皇宫就建在此处。1482年，马拉国王死后，他的3个儿子各据一方，建立了加德满都、帕坦和巴德岗3个王国。其中，巴德岗王国布帕亭德拉·马拉国王酷爱建筑艺术，在巴德岗大肆修建宫殿和寺庙等建筑，皇宫规模尤为

巴德岗皇宫

庞大，耗费54年才最终完工。马拉国王的皇宫虽然不能用宏伟来形容，却也工艺精湛、富丽堂皇，最引人注目的是一座金碧辉煌的大门，被称为黄金门或者太阳门。

黄金门

黄金门在一片红色皇宫建筑群中格外的醒目。金门的顶端是一个带翅膀的珈卢茶神兽（据说是毒蛇等害虫的克星），下方是四头十臂的塔莱珠女神像（马拉王朝的守护神）。神像金碧辉煌、精美无比，是尼泊尔铜雕的杰作。皇宫的外围墙壁上，建造了55扇窗，窗户全是檀香木雕刻而成，再涂刷黑漆，工艺繁杂而古朴。其窗棂饰以宝石，雕花则显示出尼泊尔中古时期精湛的木雕艺术水平。宫内有99个庭院，还有国王寝宫、吉祥天女游乐宫等。

皇宫木雕长廊

来到巴德岗的游客，都要亲眼看一下这里最代表木雕工艺的55扇窗和孔雀窗。

55扇窗的设计来历说法很多：有说是为了庆祝国王55岁生日；还有说是国王有55个妃子。不过，我觉得这两种说法也许可以融合在一起：在国王55岁时，有55个妃子，通过55扇窗窥视外面的世界。

除了55扇窗之外，在皇宫旁边的布加利寺的墙上，众多木雕窗中，有一只栩栩如生的木雕孔雀，这就是闻名遐迩的孔雀窗，它和55扇窗一起成为尼泊尔木雕艺术的代表作。因而，巴德岗故宫又被誉为中世纪尼泊尔艺术的精华和宝库。

但这扇精致到巅峰的木雕窗，却深藏于众多木雕窗中，游人们稍不留意，便会与这件精美绝伦的艺术品擦身而过。这扇诞生于15世纪初的木雕孔雀窗，是在德国人的“巴德岗发展计划”中，由德国专家修复并献给布兰德拉国王做结婚礼物，现

皇宫的门雕艺术

皇宫眼镜王蛇喷水池

在成为巴德岗最吸引游人的景点。这座建筑内有一个木艺博物馆，里面收藏了许多精致的木雕作品。

陶玛迪广场是巴德岗的第二大广场，是人流量最大、最热闹的广场。广场上最醒目的建筑是尼亚塔波拉寺，这座寺庙是巴德岗乃至整个尼泊尔最高的寺庙。它是纽瓦丽寺庙建筑中的最佳典范， 始建于1702年。尼亚塔波拉寺是尼泊尔旅游标志之一， 塔高达30米，5级台座，5层顶檐，当地人因此也称其为“五层塔”。 蓝天之下仰视，的确给人威严雄伟之感。

陶玛迪广场五层塔

通往寺庙的台阶两侧分列着5对石雕，每一层塔基上各有一对。自下而上依次有：金刚力士（据说他们的力量是我们平常人的10倍）； 第二层是一对大象； 第三层是一对狮子；第四层是一对狮身鹫首的怪兽；第五层是两位守护女神。而掌管这一切的密宗女神——吉祥天女就在这座高耸的寺庙里面。

巴伊拉布神庙，始建于17世纪早期。最醒目的是巴伊拉布神庙的金窗，几扇金黄色的窗户闪闪发亮，无言地向游人们诉说着这里曾经的辉煌。这座神庙是用来供奉湿婆神的恐怖相的，传说这座神庙的历史要比尼亚塔波拉神庙早一些。每天清晨三四点钟就有印度教徒前来寺庙敬神，而每次敬神都要敲打一下钟铃，向神灵传递一种信息，以表达内心的虔诚和祈求神灵的保护。

让外来人迷惑的文化

在广场上，我们碰到一个年轻英俊的当地军人，一身迷彩服，手里拿着一根木棒。我好奇地向他打招呼，指指他手中的木棒，做了一个握枪的动作。军人很聪明，也很友好，马上明白我的意思。他做射击状，然后摆摆手，表示不可以；再挥动木棒，做打人状。我明白了，不可以用枪，但可以用棒子打。小谢导游笑着说："是这个意思。"我和拿木棒的军人合拍了一张照片。

位于广场西南角的尼亚塔波拉餐厅，曾经是一座木结构的寺庙，廊柱上刻有男女交欢、人兽交欢的图案，上面一层现在作为咖啡店，可以吃饭。这里是观察广场和拍摄照片的最理想位置。

沿着广场四周的小店，我欣赏着各种有特色的工艺品。双面木偶、雪山油画、纱丽围巾、尼泊尔小帽、佛眼通天等。突然，我看到了一本小册子，居然印的全是木雕春宫，着实把我吓了一跳。昨天在帕坦古城看到的性庙和今天看到的不少镜头，使我强烈地感到：在尼泊尔这小小的高山之国，竟然存在着如此令人震撼的文化冲突。

此时，其他人都不知转到哪里去了，我坐在广场边的台阶上，与一直跟随在我身边、尽心照顾我的小谢导游，连说带比画地进行交流。我拿出我们在北京发的《出团通知》，手指"尼泊尔文化禁忌八条"中的第六条："尼泊尔人的着装比较保守，所以，女士们切忌穿吊带衫等比较暴露的服装。"

女士连吊带衫都不能穿的国度，怎么会到处都有这种图？

小谢导游是30多岁的已婚年轻人，但他及他的家庭是信仰佛教的，说到男女之事也还是难免有些羞涩。他吭吭哧哧地解释："这些图案是尼泊尔人结婚前，父母对子女进行婚前性教育的地方。""印度教有一种性爱修炼的瑜伽，人皆诞生自女人的子宫，人从那里'出'，也只能从那里'入'。只能从女人身体的出入之中，去认识世界，寻求真正的解脱。"

印度是世界四大文明古国之一，宗教的发展极早。尼泊尔以前归属印度，所以，尼泊尔与印度在文化、宗教和信仰上，几乎是完全相通的。

说到尼泊尔人的保守，小谢导游说那也是真的。"尼泊尔人的婚姻比较保守，婚前性行为在尼泊尔是不允许和被鄙视的。不同种族的人也是不准通婚的，而且要求有媒妁之言和父母的同意才能结婚。"

集合的时间到了，小谢导游起身去找团友。孙承此时也不知跑到哪家画店淘宝去了，我担心他掉队迟到，便挨家画店去找他，边找边喊，果然把他从一家画店里找到了。我真没看出来，这位诗人对尼泊尔油画竟然如此上心，什么画面色彩、内容构图、透视关系、明暗对比等，讲起来头头是道，滔滔不绝。一个下午他竟买下4张尺寸不小的尼泊尔人物和风光油画。

对于外来游客而言，巴德岗除了古城原生态的市井生活外，最吸引人的莫过于琳琅满目的手工艺品。因为这里是加德满都谷地内的手工艺品集散中心地之一，所以当地手工艺品的种类和复杂程度甚至超过了帕坦。虽然品种不如加德满都城齐全，但价格却比加德满都和帕坦都便宜，我们砍价砍出了经验：标价3000元人民币一幅的油画，我们以1500元人民币的价格买下了一大两小共3幅；加德满都2000尼泊尔卢比一条的头巾，在这里我们800尼泊尔卢比买下两条；400尼泊尔卢比一个的佛眼手链，我们300尼泊尔卢比买下一对。抱着这些尼泊尔宝贝，我们很是开心。

在那嘎库特看雪山

离开巴德岗古城之后，我们乘车前往那嘎库特。

位于加德满都东面的那嘎库特，是一片海拔2000多米的山区，素有"喜马拉雅山脉观景台"之称。据说，在天高云淡的日子，最多可以看到20座雪峰，包括海拔

8844米的萨迦—玛塔（即珠穆朗玛峰）、海拔8516米的洛子峰、海拔8463米的马卡鲁峰、海拔8201米的卓奥友峰、海拔8163米的马纳斯鲁峰、海拔8091米的安娜普尔纳峰、海拔7429米的廿尼许峰、海拔7246米的朗唐峰……

那嘎库特曾是尼泊尔统治者的隐居地，但在20世纪70年代开始成为最受欢迎的观赏日出、日落以及观赏喜马拉雅雪山全景的地点。只要天气晴朗、能见度高，就能看到世界第一高峰——珠穆朗玛峰。那嘎库特是加德满都山谷观赏喜马拉雅山脉视角最广且最佳的地方，遥望对面喜马拉雅山脉一字排开的8座海拔7000米以上的山峰，配以天空多姿多彩变幻莫测的云层，景色壮观，极具震撼力！

在蜿蜒的山路上，我们看到满目青翠，梯田逶逦，山花盛开。点缀其间的山村民居，热情招手的男女老乡，朗朗的天空和秀美的景致，构成一幅幅美丽宁静的山水画。真是尼泊尔的世外桃源啊！我们被这迷人的美景陶醉了，于中巴摇摇晃晃的间隙中，努力抓拍一些美丽的瞬间。

山路上梯田逶逦、满目青翠

正沉醉在满目青翠的春光之中，突然对面山路上驶过一辆公交车，车厢里和车顶上塞满了乘客。我被这辆车顶上具有高超乘车本领的乘客们吓呆了！在山路上行车本身就存在危险，而在车顶放行李的方寸之地竟然能挤上好几位乘客。小谢导游说："这里的山民都习惯了，掉不下来。"

在晚上6点之前，我们到达了那嘎库特入住的观景台度假酒店。

那嘎库特入住的观景台度假酒店

酒店位于山顶，依山而建，我们5位被安排在最高的5层楼上。没有电梯，我们的行李都是由服务员帮着拎上来的，即便这样，我还是累得上不来了。小谢导游拽着我，艰难前行，爬几个台阶休息一下，我最后一个爬上5层。极目望去，真是“风光无限好，只是近黄昏”啊！我顾不上进房间，就在观景的阳台上开始拍照。小谢导游告诉我，离日落还有半小时，等会儿来扶我上最高观景台看日落。

观景台上风比较大，我们不约而同地戴上帽子，西沉的太阳时而清晰时而朦胧，好像羞涩少女头上的面纱，一会儿将美丽的面庞遮住，一会儿又悄悄露出半张脸庞向外张望。渐渐地，太阳强烈的光芒变得柔和起来，橙红色的太阳染红了半边天，却把附近的山顶别墅和山林披上了灰色的外衣。远处影影绰绰地能看见几座白色的雪峰，20多只苍鹰在暮色的天空中盘旋，好像在依依不舍地为太阳送行。几秒钟之后，娇艳的太阳完全隐藏到雪峰之下，画面中的建筑、山林变成了剪影，越发显得神秘莫测。

那嘎库特风光

晚餐就在我们房间不远处的另一个阳台上，20多个不同国籍的房客，聚集在温暖的餐厅里，品尝着正宗的尼泊尔餐。沙拉土豆、沙拉鸡饭、咖喱黄豆、炝炒圆白菜等，大家吃得非常开心。吃饱了，也喝足了，我们也觉得暖和起来。我们还遇到一对自助游的北京夫妻，他们要在这里住上几天，好好休闲一番。大家兴致勃勃地谈天说地，交流感受。

出了餐厅，已是星光满天，室外寒气逼人，越发感到星光清冷，这大概就是雪

那嘎库特的日出

尼泊尔雪山

峰脚下的感觉吧。天空纯净，空气清新，站在阳台上，山下的一切都不见了，仿佛置身于玉宇天际，伸手便能抓到星星。

一夜安静，不到6点有人叫我们起床看日出。

大概所有来这里的游客都是奔着那嘎库特的日落、日出和雪山而来，所以，每家酒店的露台上都站满了观日出和雪山的游客。尽管大家都是全副武装，能穿戴的都穿戴上了，还是冻得手脚冰凉，鼻头发红，嘴唇发紫，手指几乎拿不住相机。

天空出现一片晨曦，红、橙、黄、白几条渐变的彩带上，冒出耀眼的亮点。瞬间，亮点跃出红霞，映红了东方的天空，为对面的几座最高的雪峰披上金色的霞光。小谢导游告诉我们，因地形原因，那座看上去最高的雪峰下相对平缓的雪峰，就是世界第一高峰——珠穆朗玛峰。喜马拉雅雪山脉高高低低的20多座雪峰一字排开，雄伟壮观，就像一条白色的玉龙横卧在天边。我总算亲眼看到了世界第一高峰，心中充满了喜悦和振奋。

据说，被人敬仰地称为“众神的白色座椅”的尼泊尔雪山，在过去的80年里从来没有寂寞过。每年来自全世界的大批登山爱好者会集雪山脚下，有的甚至不幸长眠在此，前后大约有600多人因登山而殉难。

吃过早餐，我们透过明亮的落地玻璃窗，坐在温暖的室内，喝着咖啡看雪山，好不惬意！这是尼泊尔独特的魅力之一。金色的阳光照在红色的房屋上，蓝天、白云、森林和层层梯田组合的风光，更显迷人，如果能陶醉一个上午就更美了。可惜呀，我们就要出发，从这里返回加德满都。

往山上背粮食的尼泊尔妇女

临上车前，一群六七岁大的山里孩子围住我们，他们手拿雪山风光的明信片，用中文说："你好！一块钱人民币。"孙承只接了一句："你也好！我买过了。"那些孩子们就认定目标，围着孙承不停地要他买下手中的明信片。无奈孙承只好掏出一元钱，又买了一张"雪山风光"。下山的弯道又多又急，我数了数大概有200多个。

在山间的路上，常可以看到纯朴的尼泊尔妇女，下穿肥腿窄口裤，上穿包着臀部的长衫在田间劳作，还有的妇女背着粮食往山上走。

加德满都的"猴庙"

加德满都是尼泊尔首都，位于这个狭长国家的中央。该城市始建于723年，当时主持建城的国王古那加玛德瓦将它命名为"康提普尔"，梵语意为"光明之城"。

跟着导游的脚步，我们来到香火最旺的一座三层寺庙跟前。据说，12世纪时，这里建起了一座公共房舍，供过往香客和路人歇息过夜。16世纪时，李查维王朝的国王用一棵大树的木料将这座房舍修建成一幢三重檐的塔庙式建筑，称之为"加斯达满达尔"，梵语意为"独木寺"。

独木寺一角

"独木寺"的尼泊尔语为"加德满都"，而后以此为中心不断扩建房屋，独木寺就成了城市名字，这大概就是加德满都名称的由来。这座庙宇距今已经好几百年的历史了，应当是加德满都最古老的建筑之一。

后来相传，建寺庙所用的大树是乔罗迦陀神所赐，所以，寺庙中摆放了一尊乔罗迦陀神像，虽然神像早已面目全非，但仍有不少当地居民信奉乔罗迦陀神，常来寺庙用朱砂点在神像额头上，然后祈祷。导游说这是当地一种祈福方式，乔罗迦陀神被当地人赋予很神奇的法力，只要祈求神灵保佑，让病人在寺庙内的一根神柱上靠一靠，就可以祛病。

加德满都是一座拥有1000多年历史的古老城市，以精美的建筑艺术、木石雕刻而成为尼泊尔古代文化的象征。尼泊尔历代王朝在这里修建了数目众多的宫殿、庙宇、宝塔、殿堂、寺院等，在面积不到7平方千米的市中心有佛塔、庙宇250多座，全市有大小寺庙2700多座，真可谓“五步一庙、十步一寺”。因此，有人把这座城市称为“寺庙之城”。

在到达尼泊尔的当天下午，我们就去了加德满都的“猴庙”。

那天，如果按照小谢导游的行程安排，下午4点多钟游览了帕坦杜巴广场之后就该结束了。我们的临时领队提出异议：“这才几点钟啊！北京发给我们的行程计划里，还有一处叫‘猴庙’的景点没有看呢！”小谢导游说：“按照尼泊尔的作息时间，下午4点就该下班了。如果现在要去‘猴庙’会遇上堵车，时间会紧张些。”

我们的小面包车在狭窄脏乱、尘土飞扬的市区穿来穿去，我们进一步体会了尼泊尔交通的混乱和空气的污浊。每位交警都戴着口罩，在拥挤的路段，交警不停地吹哨，口罩只能兜在下巴上。马路两侧商铺的老板们也纷纷采取防护措施，男的大都戴着口罩，女的则以纱丽遮面，甚至口罩加纱丽双层防护。在一幢幢漂亮的别墅聚集区，马路上仍然是垃圾遍地。我心中纳闷，难道尼泊尔没有环卫工人吗？城市的街道不会没有清扫员吧？小谢导游肯定地回答：“有的。”

在开往“猴庙”景区的一段路上，我终于看到了清洁的路面，虽然路边的树叶上布满了厚厚的尘土。再向前走，我看到了门卫的哨兵，原来这是尼泊尔军队的营区。到了上景区的山路，新修的沥青路面又平坦又干净，山上满目青翠，鸟语花香，大大小小的猴子到处乱窜。我心中释然，尼泊尔也有环境优美整洁的地方，只看管理是否到位。

这就是“猴庙”了吧？马路上，街道两旁，房上房下，到处可见猴子们活跃的身影，它们一点儿也不怕人和汽车，也不主动打扰游客。比中国四川峨眉山的猴子要文明礼让许多，导游介绍：这里的猴子从来不抢游客的东西。

“猴庙”的正式名称为斯旺那布寺庙，位于加德满都以西3千米的山顶上，建于公元前3世纪，是亚洲最古老的佛教圣迹之一，是佛教徒的一个重要朝圣地，也是尼泊尔开展国际佛教文化交流的中心，又称斯旺那布佛院。山顶主体建筑为圆佛塔，四面各绘着一双巨眼，巨眼象征佛法无边、无所不见。塔基纯白，塔身金黄，华盖宝顶高耸，庄严宏伟，被誉为尼泊尔建筑的典范。

这种在尼泊尔叫作“柴特亚”式的佛塔，下部宏大庄重的塔基为一巨大的白色半球实体，塔基四面都有三重檐的金门金顶佛龛，内供着五大如来金佛。第二层是一截镀金的方形砌石建筑，四面各绘着一双巨眼，警示世人佛陀目视四方。巨眼也称为慧眼，每对慧眼之下还有一个红色问号形的鼻子，大问号是尼泊尔数字的“一”，象征和谐一体。据说，在佛教中它意味着“只有止恶行善，方能离苦得乐”。第三层是层层递减的13个铜制圆盘，叠成圆锥形，表示13层天界，四面饰以佛像和图案。第四层是象征日、月二光的两层圆轮。第五层塔顶承托着一个结构繁复的巨型华盖，用厚木做底，上覆盖铜质

“猴庙”附近到处乱窜的猴子

山路两侧有猴子夹道“迎送”

加德满都斯旺那布寺庙

板瓦，板瓦之间又用铜脊瓦接缝，四周悬绕数十挂铜质透雕华幔，每挂下又悬着一口小铜钟，清风吹来，发出阵阵清脆悦耳的声音。佛塔的华盖意味着“皈依三宝即能得到佛的荫庇与保佑”。华盖顶上又竖起高达数米的铜质镏金宝顶，称为塔刹。

山上还有佛祖释迦牟尼坐像、印度教尖塔以及20多个黑色的小塔林，而在北面的诃梨帝母神庙内有一尊漂亮的天花女神像，天花女神被认为是印度的丰产和母性的象征。据说，她曾哺育多达500个孩子。她为抚养这些孩子，经常偷窃和杀害人类的孩子作为食物。佛祖为教化她，便将她500个孩子中最小的那个藏了起来，于是她发狂般地到处寻找。佛祖对她说：“你有500个孩子，失去一个都这么悲痛，那些失去了唯一孩子的母亲们，又会如何感受呢?”因而将她感化。后来又将她作为子安观音，成为安产和小孩子的守护神。山路旁边，一位年轻的尼泊尔小伙子，面带满足的微笑，正在一块石板上刻经文。

“猴庙”充分体现了印度教与佛教在尼泊尔的完美融合，登顶后可俯瞰整个加德满都谷地。相传，公元前3世纪，佛祖释迦牟尼亲临此地，并收弟子1500人。每年的佛祖诞生日时，这里都要举行盛大的法会，届时人头攒动，热闹非凡。

王子出身的如来佛祖

释迦牟尼（据《善见律毗婆娑》“出律记” 推断为公元前565—公元前486年），即乔达摩·悉达多，亦即如来佛祖，是佛教创始人。尊称为佛陀，意思是大彻大悟的人，民间信徒称呼他为佛祖。释迦牟尼本是古印度北部迦毗罗卫国（今尼泊尔境内）净饭王的儿子，属刹帝利种姓，是佛教的开启者。据佛经记载，释迦牟尼在29岁时，有感于人世生、老、病、死等诸多苦恼，舍弃王族生活，出家修行。35岁时，他在菩提树下大彻大悟，遂开启佛教，随即在印度北部、中部恒河流域一带传教。80岁时在拘尸那城附近的娑罗双树下入灭。因父为释迦族，成道后被尊称为释迦牟尼，也就是“释迦族的圣人”的意思。

尼泊尔是佛祖的出生之地，却是全世界唯一信奉印度教的国家，真是不可思议！90%的尼泊尔人信奉印度教，只有8%的尼泊尔人信佛教。

据说，大部分的尼泊尔人，既信印度教又信佛教，因为很早以前，印度教和佛教即与密宗交织混合，演变成另创一格的宗教，造就了尼泊尔今日独特的宗教仪式、神明和节庆，其数目之多、差异之大是外人无法想象的。

一方面，佛教徒把印度教三位一体的湿婆、大梵天和毗湿奴，当成佛祖下凡后的化身。另一方面，印度教徒同样也把乔达摩·悉达多佛陀当作毗湿奴的一个化身。

在尼泊尔，如果你问一位尼瓦尔人（尼泊尔的一个民族），是印度教徒还是佛教徒，那么他的答案都会是“是的”。因为，就尼泊尔人的宗教信仰而言，不适合用这种二分法的方式来加以区别。

尼泊尔的文化和宗教的关系非常密切。尼泊尔人一生中遇到的所有重要事情，都少不了特别的祭典和庆祝仪式，使人、神之间的关系愈加巩固。而尼泊尔的建筑，上至皇宫广场和寺庙，下至一般村落和村舍，都与宗教遗迹混杂，外人很难分辨出哪些建筑是属于神的，哪些建筑是属于人的。

类似的“柴特亚”式的佛塔，在加德满都还有一座，即博达哈大佛塔。它和斯旺那布四眼天神庙是加德满都最著名的两座佛教道场，也是联合国教科文组织列为

博达哈大佛塔

共同维护的世界级古迹。斯旺那布寺庙有2500年以上的历史，博达哈大佛塔也有约1500年的历史。

每个佛龛中均嵌有不同的佛像

博达哈大佛塔是尼泊尔最著名的佛教圣地之一，也是世界上最大的圆佛塔。它是一座既神秘又独特的尼泊尔式佛塔，已被联合国教科文组织列为世界文化保护遗产。佛塔外形虽是百分之百的尼泊尔式佛塔，也是最有特色的尼泊尔式佛塔，实际上却是一座藏传佛教的佛塔。和斯旺那布大佛塔一样，它们都是分为塔基、覆钵、宝匣、相轮和塔冠5个部分。博达哈大佛塔的塔基坐落在地面上，共有3层，每层四面都有台阶相通；塔基之上是一个巨大的白色覆钵，钵体下部有一圈佛龛，每个佛龛中均嵌有不同的佛像。据说，此塔内藏有古佛迦叶佛（传说为释迦牟尼前世之师，曾预言释迦牟尼将来必定成佛）的舍利，因而也是加德满都谷地一个重要的佛教圣地。

博达哈大佛塔的经幡

博达哈大佛塔彩色的经幡随风飘扬，比斯旺那布大佛塔经幡数量更多，规模更大。这些都是信徒们还愿时绑上的。藏人称经幡为风马旗，旗子有5种颜色，分别代表构成自然界的5种基本元素，即红色为火、蓝色为天、白色为云、绿色为水、黄色为地。上面印着佛经，保佑众生。台阶中有一马乘风而上，似直达天国。在底下的壁龛有西藏祈祷轮，朝圣者一面念着经文一面转动着祈祷轮，据说要念千遍才能修得一份功德。

印度教圣地——帕苏帕蒂纳特古寺

在中巴上，我们远远看见一个庞大的寺庙群，白色的塔林格外醒目。小谢导游告诉我们这就是尼泊尔著名的印度教圣地——帕苏帕蒂纳特古寺，始建于1500年前，又称大自在天寺，距首都加德满都市中心以东约4千米。

据说，14世纪中叶，尼泊尔遭到来自印度的穆斯林的入侵，此庙受到严重破坏。数年后，阿育马拉国王照原样重建。帕苏帕蒂纳特即湿婆神，在印度教是创造宇宙万物的主宰，也是毁灭之神，在尼泊尔素有“国神”之称，被视为尼泊尔王国的卫护者。

寺庙背靠青山，面朝被视为圣河的巴格马蒂河。主殿为二重檐、金顶、银门的典型尼泊尔塔式建筑。殿内供有高1米多、磨盘状的石雕，因其有5个面相，称为五面灵格石雕，这是湿婆神的象征。磨盘中间隆起的圆柱顶端浮雕是湿婆主像，东、南、西、北的浮雕分别为“大梵”“不惧”“新生”“月神”。

殿顶为尖塔式镏金宝顶，状如金钟倒置，四角有小塔陪衬。两层殿顶和檐脊，全部以镀金铜板瓦铺盖。纯银制的三进门和半圆形门楣上都刻有精美图案，窗棂和檐柱雕满神像，色彩绚丽，千姿百态。主殿前有一尊2米高、6米长的巨大铜牛，卧于长方形石基上。铜牛后面有一块石碑，上面刻着8世纪李查维国王贾亚德瓦二世的诗。这是尼泊尔历史上留有记载的、为数不多的古老诗篇之一。寺院南门内有一幢三重檐的圆顶寺庙，称为科蒂灵盖斯瓦寺，亦称伞形寺，系普拉塔普马拉国王时期所

帕苏帕蒂纳特古寺

一座挨一座的林迦塔

建。三重檐上小下大，仿照古代尼瓦尔人的三层伞的形式设计。这种圆顶寺庙在尼泊尔只有两幢，非印度教徒者不得入内。

小谢导游带我们爬上帕苏帕蒂纳特古寺对面山坡的石阶，然后顺小路来到帕苏帕蒂纳特古寺的对岸，隔河观看印度教火葬仪式全过程，这里是最佳地点。

河边的神龛上有湿婆神的浮雕，他颈部缠着大蛇，前额上的第三只眼是火眼，具有烧毁宇宙中一切物质的力量，头上的弯月头饰象征印度恒河。园区内供奉湿婆的林迦塔一座挨着一座，随处可见苦行僧。

尼泊尔的故宫

尼泊尔著名古迹——加德满都杜巴广场，面积虽然不大，漫步其中，错落有致的格局也颇具美感。这些精美的木制建筑，不少已显破败陈旧，相比于欧洲国家那些著名的石头教堂，其生命力要脆弱许多。

位于尼泊尔首都加德满都市中心的哈努曼多卡宫，是尼泊尔的故宫，在全国现存历史遗迹中，规模最大，艺术收藏最丰富。哈努曼多卡意为“猴神门”。哈努曼是尼泊尔古代神话故事中神通广大、扬善除恶的神猴。在这里，人们把哈努曼当作捍卫正义的化身，敬为猴神加以崇拜。猴神像立于宫门左侧高约两米的石墩上，头上罩着一顶朱红锦缎华盖，脸部终年蒙着一块红纱，故名猴神门宫。

哈努曼多卡宫最早建于13世纪前的李查维王朝，但当时不是王宫，规模也不大。自15世纪末马拉王朝分裂，哈努曼多卡宫便成为加德满都历代马拉国王的正式王宫。1768年尼泊尔统一后，哈努曼多卡宫成为沙阿王朝的王宫，直到19世纪70年代迁宫为止。这座规模宏伟的建筑群，是经过历代国王不断扩建逐步建成的，历时数百年。到了沙阿王朝中期，哈努曼多卡宫已成为拥有35个庭院和数十栋殿堂和庙宇的庞大建筑群。近百年来几经沧桑，有的建筑遭地震损毁，有的地方变为闹市街区。目前，哈努曼多卡宫有12个庭院，规模虽不如以前，但仍不失雄伟壮观。

加德满都杜巴广场

哈努曼多卡宫的大门称作金门，大门铸工精细、熠熠生辉。金门上方有3组形象生动、色调鲜明的木雕群像，右边是描述化作牧人的黑天神和两位牧牛姑娘一起翩翩起舞的情景。中间一尊千手千面薄伽梵神像，源于印度教史诗《摩呵婆罗多》的故事。左边是一组传神的弦琴弹奏图：一位国王专心致志地拨弄琴弦，王后在一边静听悠扬的琴声。金门左右有一对石狮，湿婆神及法力女神分别骑在狮子上。

从金门入宫，我们的相机、背包被要求封存在保险箱内，钥匙归我们自己保管。无须出楼，便直接上到二层楼特里布万纪念馆。这里陈列着特里布万国王生前所用的大量实物和照片，其中国王的宝座、金缕编织的加冕服等，都是难得一见的宝物。在这座纪念馆里，我们还看到了不少与中尼友谊相关的照片和实物。中国国家领导人与尼泊尔国家领导人互访的照片、中国的钱币、中国南京无线电厂制作并赠送尼泊尔的大熊猫音响设备等，让我们这些来访的中国游客感到格外亲切。

中尼之间有着上千年友好交往的历史。晋代高僧法显、唐代高僧玄奘曾到过佛祖释迦牟尼诞生地兰毗尼（位于尼泊尔南部）。唐朝时，尼泊尔公主尺尊与吐蕃赞普松赞干布联姻。元朝时，尼泊尔著名工艺家阿尼哥曾来华监造北京白塔寺。

我们从国王纪念馆绕到哈努曼多卡宫的莫汉庭院。这里是哈努曼多卡宫的又一个重要庭院，是马拉时代国王的寝宫，也是国王会见贵宾、举行会谈、签订条约、开展外交活动的地方。庭院四周由三层殿堂围绕，四隅亦有楼阁，西殿底层有著名的莫汉伽莉女神像。神像背后的墙上有描绘古代《往世书》神话故事的壁画，这些壁画已有300多年的历史。

院内有一个三重檐阿格玛琴庙，是马拉国王秘密祭拜祖神之地。莫汉庭院北面的小庭院称美丽庭院，院内有一座建于7—8世纪的镇蛇石雕。这座高2米的石雕以极其生动的造型，来表现黑天神制服以剧毒污染圣河的黑色眼镜蛇的故事，是尼泊尔最古老的石雕艺术品之一。

哈努曼多卡宫的春城院以四隅的殿堂楼阁驰名，东南隅是欢悦殿，西南隅是春城楼，西北隅是邦格拉阁，东北隅有吉祥天女游乐宫。每座楼阁的外墙，斗拱檐柱均刻有盘龙、孔雀、虎头和男女神像，门窗上雕有鸟王、龙女、花卉等精美图案。穆尔庭院在春城院之北，历史上马拉国王的加冕、婚礼及首相任命都在这里举行。这里还是王室举行祭祀、剃发等宗教活动的场所。庭院的南面有座女神小庙，庙门左右立一对高如常人的孪生姐妹铸像，门窗都贴有一层金箔，门楣上刻有塔莱珠女

哈努曼多卡宫一景

神像。

庭院东南隅的九层殿，是这个庭院中最高的建筑，殿高35米。殿内的碑铭记述了沙阿家族的兴起、征服加德满都河谷、击败英国侵略军的史迹，是珍贵的文物。

在庭院的东北隅，有一座猴神庙，它的五层檐均为圆形，自下而上逐层缩小。因庙里的哈努曼猴神有鸟王、人狮、猴、驴、猪五副脸相，因此得名“五面猴神庙”。在宫殿里绕了一圈后，便来到皇宫内最大的庭院——纳萨尔庭院。庭院四面均为三四层高的楼宇。北面是以“玻璃楼阁”著称的4层建筑——国王纪念馆。纳萨尔庭院中两尊有名的神像，一尊为木雕胜利女神，是为祝福远征者凯旋而设的；另一尊叫作“人狮”的石雕，为半人半狮的怪兽，是保护神毗湿奴的化身，它怒发冲冠，双手将魔王腹部撕裂。两尊神像都是马拉时期的艺术杰作。

纳萨尔庭院

虽然这座庭院建于马拉王朝时期，但它周围的建筑都是由后来的拉纳首相建造的。那时，纳萨尔庭院是举行加冕典礼的地方，直到今天，庭院中央的加冕礼平台仍然保持着这一功能。2001年，贾南德拉国王就是在这里加冕的。

杜巴广场四处闲散的都是当地人；忙于拍照、观光、购物的都是游客；还有些身着艳丽服装，脸上画着红白图案的苦行者，主动让游客与其拍照，以收取费用。廊柱旁，寺庙下，三五成群的小贩，有的聊天，有的打盹。只有一些卖明信片的小孩们比较活跃，一会儿用英语，一会用汉语喊价，四处寻找买家。

杜巴广场集市

与其他国家不同的还有一大景观，那就是杜巴广场上到处占领地盘的动物们。广场中央四处漫步的牛、狗、猴子、乌鸦、鸽子，完全无视人们的存在，我行我素，想睡觉了就地一躺，根本不管是否挡了别人的路。

离故宫不远处还有一座尼泊尔特有的童女神庙，里面供奉的是库玛丽女神。其实是把一位从众多女孩中选出来的优秀女童，当作印度教女神难近母（印度教中湿婆的妻子雪山女神）的化身顶礼膜拜。但是小女神只要到了12岁，就要让位于另外选出来的童真女孩。

涉外旅游区——泰米尔街

来到加德满都一般会选择逛逛泰米尔街，这里是尼泊尔政府在加德满都专设的涉外旅游区，可谓住宿、美食、购物三位一体的旅游胜地。我们幸运地被安排在这条街区的酒店住宿，所以有充足的时间近距离地接触尼泊尔。

我们穿梭在泰米尔街，重点浏览手工艺品、佛教用品、特色美食以及美术作品，许多户外用品大多是二手货或者贴牌货。其实，许多二手货都是些不错的品牌，有些外国人在离开尼泊尔时，把一些临时采购的登山用品处理掉，以减轻旅行的负担。像镶嵌首饰盒、木雕、天眼佛珠、手链、T恤、沙玲吉四弦琴、尼泊尔帽、廓尔喀刀、尼泊尔香料等，都是尼泊尔不错的旅游纪念品。

在尼泊尔，不买点纪念品真是对不起自己，但对于新鲜玩意儿，一定要问清代表

泰米尔街

尼泊尔唐卡

什么意思，尤其是宗教用品，一定不能盲目。孙承的妈妈信佛，儿子来到佛祖诞生地，一心想给妈妈带回一个珍贵的礼物，送给妈妈一个惊喜。在一家精品店里，孙承不声不响地买下一个水晶做的祭品，告诉我说："姐！我这回可买到一个拜佛的好东西，非常精致。送给我妈，她准高兴！"边说边拿出一个小绒布袋子，左一层右一层地打开包装，请我欣赏。"哈哈！我的傻弟弟，这是印度教湿婆的象征——林迦。佛教徒根本不拜这个！"孙承憨憨地一笑："多亏给姐姐看了，不然送给我妈，真出洋相了。"

还有一个难忘的地方，就是在尼泊尔餐厅品尝尼泊尔特色大餐和观看尼泊尔歌舞表演。在导游的带领下，我们穿过几道街巷，来到最具人气的尼泊尔餐厅。二层几乎都是外宾，包括我们5位中国人和一个欧洲团，一个韩国团，还有一对美国情侣单独坐在餐厅靠近舞台的左侧。

一个硕大的铜盘里面，摆着6只盛满蔬菜、沙拉、咖喱鸡肉、咖喱土豆、清炒腊肉的铜碗，一份包子，一份咖喱豆粥，还有独具特色的尼泊尔面饼。服务员还为每人端上一小碟水酒，这是专为外国人准备的，当地的尼泊尔人基本不喝酒。在尼泊

品尝尼泊尔大餐

尔吃、住、行、游，都很便宜，只有喝酒很贵，一瓶啤酒的价格可以是国内的好几倍。餐厅里品到的水酒看似不多，但很烈。孙承这位能喝酒的人，都受不了这辛辣的口感，还是掏出自带的青岛啤酒，同其他3位男同胞，包括小谢导游，在欢快氛围十足的尼泊尔歌舞伴随下小酌，喝得很是惬意。吃到高兴时，孙承还借来临时领队头上的尼泊尔小花帽，拍下几张难忘的留影。

美味的尼泊尔餐，种类不算多，但数量管够，只要你吃得下，要多少供应多少，最后还有甜点冰激凌。靠近门口的一个当地小女孩，十分友好地向我们打招呼，我赶紧从背包里找出一块北京带来的巧克力送给小女孩，她吃得非常开心，眼睛一直好奇地盯着我们。

在尼泊尔短短的三天半旅游，虽然是蜻蜓点水，但也实实在在，看古城、观雪山、走神庙。明天就要离开了，觉得时间过得很快，看到的东西很多，似乎还没有来得及消化。尼泊尔是个神秘、美丽的地方，面对几个世纪前留下的古老城池，面对雪山脚下充满宗教气息的生活，很难说清楚这里的一切。只是那过眼难忘的风光，在我们心中留下了深深的烙印。

每年的10～11月是尼泊尔旱季的开始，气候温和，空气清净，能见度很高，从多方面比较，是一年当中的最佳旅游时间，也是当地旅游和登山的旺季。2～4月是旱季结束的时候，是仅次的季节。因为此季节空气中尘埃较多，所以能见度不是很高，但天气暖和，植被青翠，鲜花盛开。到了12月至次年1月，气候和能见度都不错，但比较寒冷，如果在廉价旅馆里没有供暖设施，那么夜晚会特别难熬。对于徒步旅行者来说，要做好充足的准备，因为这个季节经常会遇到下雪天。除此以外的时间都不适合旅游，5～6月太热，空气污浊；6～9月，季风气候使山峰都被云雾遮挡，道路泥泞。

尼泊尔是一个全民信仰宗教的国家，因此和宗教相关的许多活动都成了全国性的节日。根据尼泊尔旅游机构对外发放的资料，全国各种节日每年多达300多个。也就是说，尼泊尔差不多天天都有节日，任何一位旅游者，来尼泊尔都能碰上尼泊尔人过节。欣赏当地妇女穿着传统服饰，目睹餐馆里当地人的手抓饭，体会当地人做生意的平和心态，适应与满城当街闲逛的牛、狗等动物共聚一堂……城市虽然落后，却很宁静，所以尼泊尔人尽管贫穷，但幸福指数较高，每天过得都很快乐。

尼泊尔本身并没有发展出自己特殊的烹饪风格，只是印度和西藏饮食的稍有变化而已。大米是尼泊尔人的主食，山区人的主食是玉米、小米和荞麦。产自谷地低海拔的水果在加德满都处处可见，价钱便宜，只是当心肠胃，小心痢疾，千万不要得不偿失啊！

大家都热情地投入盛宴的交流之中，无论是欧洲人、亚洲人还是美洲人，至于台上尼泊尔演员们唱的是什么歌，跳的是什么舞，大家并不十分在意，关键在于今天晚上在尼泊尔加德满都特色餐厅的国际聚会上，品尝了当地美食，畅谈了一路见闻，欣赏了民俗歌舞，所以大家都特别开心。

有人说，西藏太高，香港太小，丽江太俗，欧洲太贵，这些弊端尼泊尔都没有。这里有的是连绵的雪山，温暖的气候，便宜的物价和纯朴的居民，再加上尼泊尔签证非常容易，于是，尼泊尔成了中国公民们最新潮的出游目的地。

纳拉扬希蒂王宫

前往印度的航班是下午起飞，上午我们还有3个小时的空余时间，大家商定，自费去纳拉扬希蒂王宫参观。

来到王宫门口，时间刚过9点，还有1个小时才开始售票。尼泊尔上午10点才上班呢！于是我们陪老张先生去邮局发明信片。返回时，王宫已经开始放人参观了。小谢导游直接购买了团体票，然后存包，存相机，并分男女接受安检。

尼泊尔纳拉扬希蒂王宫，在首都加德满都市中心，通迪凯尔广场以北。始建于18世纪70年代普里特维·纳拉扬·沙阿在位时期。初为首相官邸，1870年始为王宫。宫殿淡黄、粉红两色相间，结构别致，以高高的银色镀锌铁栅栏为大门。王宫内万木葱茏，时有白鹤栖息。

主体宫殿是一座有几何线条的9层钢筋水泥大厦，建造在33级大理石台基之上，宫顶为二重檐塔式镏金宝顶，具有尼泊尔建筑特点。宫殿正门台阶两侧，有左右对称的巨型雄狮、巨象、骏马、孔雀、鱼和其他石雕。4扇宫门正中各镶有一对象征

纳拉扬希蒂王宫

神的全能慧眼的象牙眼睛。门上刻有骑鹿的月神、乘骏马的太阳神等图像。宫殿门外4根大圆木柱支撑着铜质板瓦屋檐，圆柱下各置一口纯银大水瓮，雕梁画栋之上，遍布海螺、旗幡、莲花、水瓮、拂尘、御伞等象征吉祥的饰物，色彩绚丽，造型生动。

宫内主要厅堂有觐见厅、御座厅和宴会厅。觐见厅为国王接见国宾和外国使节递交国书之处，面积370平方米，内有8根希腊罗马式方形立柱，天花板上高悬两排铜链八角宫灯，墙上挂着沙阿王朝历代君王的巨幅画像。

二楼的御座厅是举行重大宫廷典礼之地，高18米，厅顶呈圆形辐射状，中央高悬重约2吨的水晶玻璃枝形吊灯。厅中国王的御座长1.8米、宽1.2米、高2.4米，御座柱脚由狮、象雕饰重叠组成，罩有金顶华盖。御座两旁各有一个较小的为王储和王储继承人而设的座位。

其旁边的宴会厅，呈长方形，餐桌从厅门一直延伸到大厅另一端，两侧摆有数十把高背雕花椅。墙上挂有巨幅喜马拉雅山风景画，玻璃窗上有彩色孔雀翎、铜铃、

加德满都的大会堂

红杜鹃、莲花等象征吉祥的雕饰，与粉红、淡蓝、浅灰、藕荷四色巨大树叶形雕饰组成的天花板相映生辉，豪华雅致。宫中还有国王寝宫、餐厅、会议厅、艺术收藏室、纪念品陈列室、图书室、祈祷室、国宾室以及与宫殿相连、用途各异的附属建筑等。宫殿东侧，竖立着一座高46米的瞭望塔，这是王宫的最高点，登临塔顶可观赏加德满都全景。

参观皇宫之后，我们来到后花园。首先看到的是一座座连在一起的地基。这里就是骇人听闻的尼泊尔皇室血案的发生地，标有图解及说明。当时枪击的弹痕，如今依然清晰可见。据说，这次枪击血案，是出于情杀，并无政治内幕，血案制造者最后也饮弹自尽。也许，为了避免触景生情，后人拆除了这片后宫殿堂。

中午，我们早早地吃罢这次在尼泊尔旅游的最后一餐午饭，餐馆对面竟是一座漂亮整洁的现代建筑。小谢导游告诉我们这就是加德满都的大会堂。

★ 神秘佛国——印度

飞往印度的航班于下午3点多起飞。飞机上我们再次看到了连片的雪山，巍峨壮美的绵绵雪峰一直伴随我们飞行的航道，为我们的航行带来了无限的享受。这种雪山游览少花185美元不说，比起自费乘坐英式小飞机看雪山要舒服多了！起码没有巨大的噪音。

印度共和国，位于亚洲南部，是南亚次大陆最大的国家。印度是世界四大文明古国之一，公元前2000年前后创造了灿烂的印度河文明。约在公元前14世纪，原居住在中亚的雅利安人中的一支进入南亚次大陆，并征服了当地土著人，建立了一些奴隶制小国，确立了种姓制度，婆罗门教兴起。约公元前1000年，开始形成以人种和社会分工不同为基础的种姓制度。公元前 4 世纪崛起的孔雀王朝开始统一印度次大陆。公元前 3 世纪，阿育王统治时期疆域广阔，政权强大，佛教兴盛并开始向外传播。公元前 2 世纪，阿育王朝灭亡，小国分立。 4 世纪，笈多王朝建立，后形成中央集权大国，统治200多年。中世纪，小国林立，印度教兴起。1398年，蒙古族人由中亚侵入印度。1526年，建立莫卧儿帝国，并成为当时世界强国之一。1600年，英国侵入，成立东印度公司。印度因战败而逐步沦为英国的殖民地。1849年，英国占领印度全境。1947年，英国公布《蒙巴顿方案》，将印度分为印度和巴基斯坦两个自治领。同年8月15日，印巴分治，印度独立。1950年，印度宣布成立印度共和国，首都为新德里。全国约80.5%的居民信印度教，13.4%信伊斯兰教，余信基督教、锡克教、佛教等。

“粉红之城”——斋浦尔

游览印度的第一站是被称为“粉红之城”的斋浦尔。

导游介绍说，斋浦尔是印度西部的城市，拉贾斯坦邦首府，在新德里西南250千米处，为印度北方重镇。斋浦尔、新德里及阿格拉被称为印度旅游的“金三角”。

1727年，斋浦尔由当时的统治者萨瓦伊·杰伊·辛格二世策划建设，全城以长方形为主，分为6个区。1782年，他下令建设一座天象观测所，成为印度保存最大的古天文台。1876年，斋浦尔为了迎接英国威尔斯王子到访，将旧城内建筑物全部漆成粉红色，外加白色边框，所以又被称为“粉红城市”。

斋浦尔现分为新、旧两城，旧城多为古旧建筑物，亦是粉红城所在地，有城墙环绕着旧城，并有7道城门。每条街道都可通往城市宫殿。斋浦尔还有著名的琥珀堡、老虎堡、风之宫等众多古老华丽的典型印度建筑。新城则为火车、巴士运输站及大

粉红色的城墙和城门

酒店等新式楼房所在地。

斋浦尔最大的特色就是粉红色。置身于斋浦尔的街头，环顾四周，一座座建筑整齐排列，粉红色的墙，粉红色的窗，粉红色的穹顶，就连街边小店、小摊，甚至厕所也都涂成了粉红色。尤其在傍晚时分，夕阳如血，晚霞满天，整个斋浦尔就是一个粉红色的世界。

粉红色的建筑

斋浦尔城市规划良好，这要归功于300年前那位天才的王公萨瓦伊·杰伊·辛格二世。作为莫卧儿皇帝奥朗则布最重要的大臣，他不仅是那个年代伟大的政治家、武士、梵文和波斯文学者，还是伟大的天文学家和建筑师，斋浦尔就是在他亲自规划设计下修建起来的。时至今日，斋浦尔仍然是全印度最美的城市之一。

我们首先来到斋浦尔古天文台。这是当年的星象家用来观测天象的场所，始建于18世纪。古天文台修建在一所大院子里面，整个院落所有的建筑几乎都呈米黄色，共建有14座大型天文观测装置，其中包括目前世界最大的日晷。院内12个三角形的小建筑代表12个星座，其角度及方向都朝着各自的星座，十分准确。斋浦尔天文台是印度保存最完好的一处古代天文台，其中的各种观测仪器目前还能为天文学家所用。许多建筑设施至今还被用于研究占星学。

参观古天文台这座世界文化遗产时，我实在是体力不支，走哪儿坐哪儿。坚持听完导游的概况介绍，简单转了几分钟就在出口处找了个椅子坐下来，远远地用眼睛进行游览。我嘱咐孙承多拍些照片，等回酒店后，我再近距离地仔细欣赏。

皇宫位于“粉红之城”的中心，内有花园、天阶及宫殿等，几乎占了旧市街的1/4。斋浦尔王宫是拉贾斯坦城邦臣服于莫卧儿帝国后兴建的宫殿，如今王族后人仍在此居住，是印度保存得最完好的古迹之一。它建于1728年，由多个宫殿组成，单

斋浦尔古天文台

是城门就有8个之多，建筑奢华，瑰丽夺目。

整座主殿以大理石建成，宫门两边各有一只由大理石打造而成的大象。城市宫殿的建筑混合着拉贾斯坦和莫卧儿的风格，外墙由当时的国王所建，其余的宫殿是历任王公逐步增建的，有些部分还是20世纪前后才加入的，如建于19世纪末的贵宾接见厅。

斋浦尔王宫大门

盛恒河圣水的巨大银壶

王宫使用的马车

院子中央的接见厅是国民向君主表达意见，或君主宣布国家大事的地方。接见厅全部是廊柱式结构，四处通透，非常凉爽。入口处两旁各摆放着一个银壶。这两个银壶是全球最大的银壶，通体铮亮，有一人多高，呈淡淡的黄色。这是1901年英王爱德华七世加冕时，虔诚的王公马哈拉加·朗·辛格亲自到伦敦庆贺，特下令打造的。这两个巨大银壶盛着恒河圣水，远涉重洋供旅途生活使用。现在，这两个银壶作为世界上最大的银制品已被收录进了《吉尼斯世界纪录》。真不知当年人们是怎样往里面注水，又怎样运输的，这支庆贺的队伍该有多么宠大！

如今，宫殿部分地方已经改建成博物馆。博物馆内收藏了当时斋浦尔国工使用的精致用品和珍宝，分为军事收藏馆、皇家用品馆等。

斋浦尔风之宫

离开皇宫之前，导游为我们介绍了风之宫，然后让我们自己去参观。

风之宫确实很独特壮观，在布满商铺的街道中，粉红色的建筑、白色的窗框格外醒目。

这座迷人的风之宫，是18世纪中叶的建筑，位于皇宫后方。因其拥有众多巧妙设计的窗户，使得宫殿内任何地方皆通风凉爽。倘若遇上狂风吹袭，只要将窗门全部开启，大风就会透过前后窗户，大大减轻风势对宫殿的损坏。所以，这座风之宫也含有王国屹立不倒的意思。这些红色镂空成蜂巢式的窗户呈半个八角形，每当皓月当空，整座风之宫便闪闪发亮，所以这里又被称为“月宫”。从雕刻的窗户中，皇宫内众多嫔妃可以俯瞰街景和庆典，透过窄小的窗户满足宫内女人的好奇心，厚厚的围墙又避免了女人抛头露面。

集合的地点是皇宫大门外的广场，这里有比尼泊尔杜巴广场更多的牛、羊，成群的牛羊堵塞了进入城门的路口，人们就耐心地跟在它们的身后，找空隙穿过。

闻名遐迩的琥珀堡

琥珀堡所在位置地势险要，下方有一条护城河，周围环绕着高墙。整座城堡居高临下。据说，这里曾经作为印度的首都长达6个世纪之久。

我们先坐中巴来到琥珀堡的山下，换乘通往琥珀堡的专用吉普车，直达琥珀堡。除了吉普车，还可以坐大象或徒步上山。要不是行程安排了免费吉普车，我真想坐在大象的背上，摇摇晃晃地享受那份与大象亲密接触的感觉。乘坐吉普车的游客一律在城门外下车，而乘坐大象的却可以直接穿过城堡的后门，在古城堡内专门的大象停靠台上，被服务人员从大象的背上扶下来。

古城堡内的大象停靠站

琥珀堡位于斋浦尔的旧都一座能俯视全城的山丘之上，是印度古代藩王于1592年建立的都城。不同于“粉红之城”的建筑颜色，城堡由奶白、浅黄、玫瑰红及纯白石料建成，远看犹如琥珀，故称为琥珀堡。城堡规模宏大瑰丽，建于不同时期，依山势兴建，有两三层平台，每层都有广场，层层叠叠，分为数个庭院。宫殿的拱

斋浦尔琥珀堡

形屋顶、几何图形的细格子窗棂、大理石廊柱和花朵植物雕刻，都是受到莫卧儿建筑风格的影响，看上去极为壮观。

琥珀宫正殿里的大门称甘尼许门，也叫象顶门，因为上面雕刻着大象。彩绘已有些褪色，但仍可以感受出那精心雕琢出来有着精美图案的细格窗棂。据说，那里是嫔妃们躲在窗后偷看国王接见外国使节和处理国内政务的好地方。当年后宫的嫔妃超过300人，每人平均一年左右才可能见得上国王一面。

琥珀宫正殿

琥珀堡镜之宫

利用循环水系降温的墙壁

琥珀堡驮客人的象队

甘尼许门对面的列柱大厅是公开谒见厅。这座白色大理石建筑内，全部采用意大利进口的上等原料，石质洁白细腻温润，国王当年就是在此接见臣民，听取民间疾苦。左边这间规模稍小，是一座有着优美的花瓣形拱顶的私人谒见厅，是用于接见贵宾的场所。它没有墙，都是由一根根大理石廊柱支撑着。

穿过象顶门，来到国王与王后居住的后宫庭院。左边那座镜之宫，乍看素雅，细瞧华贵的王室寝宫，是整个城堡中最华丽、最具科技含量的宫殿，建于1675年。这座宫殿通体装满镜片，在阳光下流光溢彩，非常美丽；夜晚，点燃蜡烛，似繁星点点，更显金碧辉煌。宫殿四周利用镜子聚光照明、反射散热；宫殿下面和侧面利用循环水系做空调降温，增加湿度；宫墙立柱上利用草原沙漠动植物的形状，模拟出抽象壁画等，无不令人称奇。

虽然，这座宫殿历经岁月流逝和风沙酷暑摧残，墙面有些地方已斑驳毁损，但仍然散发出仙境般的奇幻。

我们一一参观城堡的每个角落，在城堡高处的圆塔式建筑下面，一位保安人员大概以为我们在寻找什么，比比画画，七拐八拐地把我们带进一个没有门的小房间，哈哈！原来是卫生间。虽然都是那种简易的，却也干干净净，既闻不到异味，也未见任何蚊蝇，只是感到有些阴森。不过万一有人内急，也真的方便些，免得游客找不到卫生间而焦灼。我们赶紧离开这个令人有些不安的角落，寻到阳光处，竟是城堡对外的长廊，视野顿时开阔。城外的湖光山色，山下的熙熙攘攘，山坡道路的人流、象队、吉普车尽收眼底。俯视这险峻的地势地貌和山脊上逶迤的城墙，修造者的独具匠心也就一目了然了。

转来转去，我们来到了晚建于琥珀堡100多年的妃子宫（这是我自己命名的）。这座宫殿没有正宫那么华丽，却也十分讲究。一层分为12所独立院落，各住一位王妃，小院中央是一圆形浴池。她们的活动只限于自己的庭院，但每个院落都有独立的楼梯通往二层。国王行走于二层阳台之上，可以观察到每一位妃子的情况。如果想到哪个庭院，悄悄下来便是，其他妃子是看不到的。12座庭院的中间是个大广场，盖有凉亭供妃子们白天聊天、散步等聚会活动。

位于琥珀堡上方的山顶上，还有一座城堡叫老虎堡，建于12世纪，最早也是皇宫。16世纪拆除了部分老皇宫，建起了我们脚下的新皇宫之后，废弃的旧皇宫完全用于军事防御，现在仍有军队驻守。老虎堡有着坚固的军事防御设施，当年一次次抵御了外来侵略者的进攻。这里有当时世界上最长的大炮，也是由于该城堡的作用，

妃子宫

斋浦尔老虎堡

整个斋浦尔才以不可战胜而闻名。

这座城堡在印度被称为“胜利之城”。可能因为是军事重地，我们的行程没有老虎堡的参观项目，只能远眺这座沧桑的雄伟古堡了。

在通往城堡出口处的石路上，我们看到了扎着盘头结、坐在路边、口吹唢呐的玩蛇艺人。随着音乐的节奏，眼镜蛇从艺人面前的草筐中探起头来，东看看西瞧瞧，然后摇摇晃晃翩翩起舞。有六七个围观者拍手欢呼，不断将钱币投向艺人前方的地上。

在我们离开琥珀堡上吉普车时，一群兜售工艺品和明信片的小商贩们蜂拥而至，刚才进来时200元人民币一袋5个的木雕工艺品，现在100元就卖；刚才50元一套的明信片，现在50元可以买到两套。我们团那位68岁的团友老张，却在讨价还价之间，以100元买了9件工艺品，其中有3件个头比较大；还以50元人民币买了5套明信片。而孙承100元买的6件中，只有2件稍大，还有一头大象是个残疾，只有3条腿；同样价钱买的明信片也比老团友的少了3套。

斋浦尔独特的印度风情

中午返回酒店的途中，我们顺路参观了水之宫外景。湖边盛开的鲜花，映衬着波光粼粼的湖面，湖中建有一座两层宫殿。宫殿四角为圆形亭柱状的塔楼，四个稍大些的凉亭对应在宫殿顶层的四边，拱形窗户密布宫墙四壁，更显水上宫殿精美灵动，清秀妩媚。导游说，水之宫是斋浦尔旧时王宫贵族的避暑宫殿。因为地处南亚

斋浦尔的水之宫

的印度非常炎热，夏天气温可达40多摄氏度。拉贾斯坦国王为避暑，于1728年建了这座水上行宫。

一路上我们看到了许多新奇的景象：马路上随时可见载人的大象优哉游哉；拉车的骆驼奋力奔跑；挡路的神牛霸占街心；车站的猴子上蹿下跳……

不过，在印度旅游，真比在其他国家轻松惬意。中午可回酒店吃饭休息，这是我不曾想到的美事。赶巧这两天我身体不适，能在中午小憩一会儿再好不过啦！今天感觉不错，只是30多摄氏度的天气，别人已穿短袖，我穿着毛绒衣裤也不觉得热。

拉车的骆驼

挡路的神牛

在车上，导游为我们介绍了不少独特的印度风俗。

印度给游客最深刻的印象就是她的多样性。刚刚踏上这片土地的游客们都会惊异地发现，这片土地的人肤色各异，身材高低胖瘦都有，生活习俗差异很大，具有鲜明的人类学和社会学特点。从雅利安人、印欧人到地中海达罗毗荼人，还有蒙古人、黑人以及西部布拉齐塞发尔人等。如果你从北往南旅行，北部印度人的肤色较白，越往南人的肤色越黑。当然，这只是一般性的划分。不管是南部还是西部，即使在同一个家庭，每个人的肤色、头发和眼睛也有所不同。几乎地球上所有肤色的人种，印度都有。

印度的国土面积在世界上居第七位；人口居世界第二位；而印度的牛数量达2000万头，居世界第一位。还有印度的语言同样多样化，大约有800多种。

在印度旅行，你一定要知道印度的六大禁忌：

禁止食用牛肉或带牛皮制品进入寺院，在印度教徒心目中，牛是湿婆神的坐骑；在印度，应避免以左手递物给当地人，因为左手被视为不洁；不要抚摸小孩头部，因为印度人认为头部是神圣的；进入宗教寺庙和古迹必须脱鞋；参观印度寺庙时，最好不要穿着短裤和短裙；在印度，看到特殊宗教仪式举行时，千万不可鄙视或加以批评，免得招惹是非。

由家族基金会捐建的比尔拉庙

下午游览斋浦尔比尔拉庙。

比尔拉庙坐落在斋浦尔贾瓦拉尼赫鲁路一片开阔的草坪上，又称拉克希米—那拉扬神庙。这座庙宇全部用洁白的大理石建筑，是由印度最有钱的比尔拉家族所成立的比尔拉基金会捐建的，他们以象征性的1卢比向一位王公购置了建庙用地，聘请印度技艺高超的雕塑家、石匠和施工精英建设了这座庙宇。

远远望去，旁边山顶有一座旧城堡，雄伟沧桑；路边鲜花盛开，五彩缤纷；平坦的马路上满是拖儿带女的印度男女信徒；还有一队队穿着干净整洁校服的中小学生，以及我们这些忙于四处拍摄的外国游客。但印度妇女多彩飘逸的纱丽，无疑是人群中最亮丽的风景。

比尔拉庙是一座印度教神庙，有别于我们一路上看到的古寺古庙。它完全是一种清新亮丽的风格，给人以高雅华美时尚之感。寺庙外观呈连体建筑，由高到低分为3个部分。最高的为四面体印度塔，中间为四面体梯形塔，最外侧为圆顶塔，塔顶端都为圆盖金属尖塔，在阳光沐浴下一派晶莹。

在神庙前的路边有一座亭子，里面供奉着一尊白色的印度教毁灭之神湿婆的雕像。湿婆面目端庄，盘腿而坐，四条手臂，其一执三股叉，额头有第三只眼。一路上从尼泊尔过来，所见的湿婆均为男像，身姿魁伟，而这尊湿婆眉目清秀。

进印度教寺庙要脱鞋，大门外左侧有存鞋处。

正门台阶前，左右各有一座小巧的亭子，内有塑像，左男右女，两人面向神庙，皆为双手合十像。因为比尔拉庙为私人投资所建，投资人为印度富豪比尔拉，所以，人们为捐献者比尔拉与其妻子塑像以示纪念。

比尔拉庙全部采用白色大理石建造，庙门外有接引殿，为石柱亭状建筑，洁白大理石墙和廊柱上雕刻的精美图案多为神像，并伴以相关文字。进入寺庙，里面是宽敞、

斋浦尔比尔拉庙

亭子后面的山上有斋浦尔古城堡

明亮、通透的长方形大殿。庙堂没有立柱，穹顶弧形装饰，图案精美绝伦。寺庙两边各有3个大门，加上正门，比尔拉庙7个大门，都是精雕细刻的工艺制作。

大厅中央建有印度毗湿奴和他的夫人吉祥天女的雕像。印度教为多神教，印度究竟有多少神，恐怕连印度人自己也说不清。但3位主神倒是印度家喻户晓的神明，他们是创造神梵天、保护神毗湿奴、破坏神湿婆。因为保护神毗湿奴、破坏神湿婆掌管人们的生死祸福，所以，印度教徒日常多拜这两尊神，至于世界的创造神梵天，却少有信徒膜拜。这座比尔拉神庙只供奉毗湿奴和他的夫人。

石雕壁画上，印度教主神们的一个个经典故事吸引着人们驻足观看，导游逐一为我们讲解。其中一幅画面中，把佛祖释迦牟尼也排在印度教诸神的行列。

印度教与佛教、婆罗门教之间到底有什么内在联系呢？

佛教和婆罗门教都产生于印度。婆罗门教早于佛教1000多年。4世纪以后，由于佛教和耆那教的发展，婆罗门教开始衰弱。佛教发源于公元前6世纪的古印度，公元前3世纪时，佛教被印度孔雀王朝阿育王定为国教，并开始向外传播，以后在世界各地不断发展，最终成为世界三大宗教之一。9世纪以后，婆罗门教经过改革形成印度教，并逐渐兴盛。到12世纪，伊斯兰教随着阿拉伯人入侵而进入印度，统治者排斥佛教，很多佛教的重要寺院被毁。13世纪初，印度的佛教一蹶不振。

还有一幅石雕画让我印象深刻。其实，我在泰国、新加坡等国家，见到过这种象头神，但我以为不过是一般神话故事而已。原来象头神还是印度教主神之一湿婆的小儿子，由于湿婆在喜马拉雅山修行回家时与小儿子发生了误会，砍掉了儿子的头颅。在主神梵天的帮助下，以一个小象的头颅挽救了儿子的生命。所以，儿子后来长成一个象头人身的模样。

象头神

湿婆为了补偿他的儿子，命令所有的神都要全力帮助象头神达成目标。从此，只要有象头神想要完成的愿望，诸神就会竭尽全力去帮助他扫除一切障碍，于是象头神就成了扫除障碍之神，受到众多信徒的膜拜。在众神的帮助下，象头神智慧超群，无人能及，梵天把象头神收为自己的弟子，后来成为人人喜爱的财神，在印度神中排在第五位。梵天所有的文字都是自己口述，由象头神代笔，以致象头神把笔都写坏了，为不影响进度，象头神以自己的象牙代笔，完成了梵天的著作。因此，人们看到的雕像中，有些象头神只有一颗象牙。

离开比尔拉神庙，已是落日时分，神庙由通体冷峻的纯白，被夕阳余晖涂上淡淡暖色，呈现出一派金黄。

在印度首都德里也有一个风格迥异的比尔拉庙，它很像一个红色的童话城堡，但要比斋浦尔的比尔拉庙大些，也是由比尔拉家族出资建造的。

我们是傍晚时分来到德里位于康诺特广场西侧的比尔拉庙，远远就看见神庙3座并立的华丽方塔，在夕阳的照耀下显得仪态万方。红色砂岩建成的群塔，配以白色、浅黄色线条和莲花、孔雀等图案装饰，层层叠叠，错落有致，好像一座金色的童话城堡。比尔拉庙建成于1938年。德里比尔拉庙是印度首批没有种姓限制的庙宇之一，圣雄甘地曾出席该庙建成后的第一场礼拜活动。

比尔拉庙的门楣上绘有印度教象征永恒和宇宙的“奥姆符”以及象征吉祥和仁

爱的“万字符”。登上洁净光亮的白色大理石阶梯，可看到院内拉克希米—那拉扬庙、格达宫和释迦牟尼庙3座神庙。

位于正中间的寺庙内，供奉吉祥天女拉克希米和她丈夫保护神那拉扬，以及破坏神湿婆和湿婆的妻子的另一个化身——力量女神杜尔加。雕像如真人般大小，面部加以装点，表情自然，形象逼真。只见我们的导游双手合十，向神像致意，并献上一沓印度卢比，祭司为导游额头涂以红色蒂卡。

比尔拉庙的左侧是格达宫，里面珍藏着许多印度教的圣典，四周有壁画故事，笔触细腻，色彩鲜艳。比尔拉庙的右侧是释迦牟尼庙，里面供奉着佛祖的大理石雕像。墙壁上绘有释迦牟尼从出生、求法、布道至涅槃的故事，画面生动，构图精美。除此之外， 比尔拉庙里还有一些小神殿，供奉着象头神甘奈施、神猴哈努曼等。

德里比尔拉庙

比尔拉庙后院，有一个风光秀丽、古树参天、溪水潺潺的小院，到处是大理石雕刻的石像，栩栩如生。据说，每逢节日，这里还有乐队为信徒们伴奏，唱诵神曲。这座充满包容气度的印度庙，虽然经过了70多年的岁月洗礼，却仍然光鲜亮丽，魅力无限。

遗憾没看上正宗的印度舞

晚上，导游安排自费观看印度歌舞，但是我们的临时领队说，700元的价格看场阿格拉的印度歌舞表演不值。老张先生也反对。孙承则表态：“只要姐姐去看，我就去。”其实我倒是挺想看的，好不容易来印度一次，不看看正宗的印度歌舞，似乎有些遗憾！

可是一共5个人的团队，有3个人反对，所以根本不可能成行。加之我的身体刚刚退烧，没吃什么东西，体力也不济。“还是身体要紧，好好休息吧!”我心里默默安慰自己。

印度歌舞，在世界上独树一帜。自从二十世纪五六十年代印度电影《流浪者》在我国播映后，富有印度民族特色的歌舞表演，热烈奔放、真实感人的场面，令我国观众耳目一新，一时间《拉兹之歌》唱遍中国。印度歌舞受到热捧的重要原因之一在于其鲜明的民族特色。

印度人民之所以能歌善舞，源于古时候印度人对神的崇拜。印度的歌舞在神庙与殿堂里传承了数千年之久。

印度人大多崇拜印度教湿婆神。印度教认为，舞蹈是由湿婆神创造的，因此，喜欢载歌载舞的印度人，便把对湿婆神的崇拜表现为对舞蹈的热爱。每当有重大的舞蹈活动，湿婆神的舞蹈像往往会被供放在舞台前方。

这尊舞蹈中的湿婆神像不仅做工精妙，而且寓意深刻。神像采用的是站姿，正在翩翩起舞。右上手拿一鼓，象征创造各种声音；右下手象征保护和祝福；左上手托起燃烧之火，象征可以毁灭一切；左下手斜向下垂，与抬起的左脚相对，象征自由；右脚下踏一魔鬼，象征善战胜恶；左脚上抬，象征超凡脱俗，升腾不息；周围装饰，则是象征养育人类的自然世界。如此舞神形象，不仅舞姿优美动人，引人入胜，其举手投足间的深刻寓意更是充分体现了印度舞蹈的丰富内涵。

印度是个多民族国家，民族语言众多，作为“世界通用语言”的歌曲和舞蹈容易为各种语言的观众所理解和接受。印度舞蹈最明显的特点就是身体语言异常丰富，尤其手语更是变幻莫测。据说，舞蹈演员单手可做出28种姿势，双手可做出24种姿势，再加上首、颈、臂、腿和脚的配合，其姿势就不可胜数了。这种变化万千的舞姿可以代表人的七情六欲、种种举动，甚至可以代表天、地、山、水等自然景物和白昼、黑夜等自然现象。总之，人世间的一切都可以在舞蹈动作中表露无遗。

印度舞蹈还讲究手、眼、心、意的统一。手势、眼神、内心所想、面部表情以及身体其他部位的动作都要有机地结合起来，从而充分表达出舞者想要表达的意境。印度舞蹈一般要求以身体语言体现出八种“拉斯”，“拉斯”意即“表情”。这八种“拉斯”分别是：爱、诙谐、怜悯、英雄气概、恐怖、轻蔑、惊愕和安详。

除了音乐和舞蹈，华丽的民族服装和鲜艳的色彩也彰显了印度歌舞的民族特色。“民族的才是世界的”，在各种各样的传统舞蹈中，关于神的传说往往是永恒的歌颂主题。所以，如果对印度的宗教，尤其对印度教的各种传说有所了解的话，对印度的传统舞蹈就容易理解了。

正宗的印度歌舞没有看到，但是民间的印度歌舞在斋浦尔酒店随时都可以观看，只要给小费。

泰姬陵的爱情传说

说起阿格拉，或许人们都很陌生，但说到泰姬陵，似乎没有人不知道。

阿格拉曾经是16—17世纪统治印度的莫卧儿王朝的首都，阿格拉堡就是皇宫。莫卧儿王朝的统治者是蒙古人的后裔，给印度人带来了伊斯兰教。强大的莫卧儿王朝统治印度长达一个半世纪，经历了六代帝王，其间在位的几位皇帝对建筑工程都非常狂热，因此留下了大量建筑杰作。其中，3处建筑拥有“世界文化遗产”的头衔，一是大名鼎鼎的泰姬陵；二是阿格拉城堡；三是法特普希克里皇宫。三者都是宫殿式的建筑艺术。

此行程安排的酒店一家比一家好

精美的陵墓、雄伟的城堡和皇宫，是阿格拉作为帝王之都辉煌历史的生动记录。虽然1634年的迁都结束了它作为政治中心的使命，但留在这里的建筑艺术和历史故事，仍然使它成为前往印度的外国游客的必游之地。尤其是被列为“世界七大奇迹”之一的泰姬陵，让阿格拉充满浪漫和忧伤的韵味。曾经的盛世古都，只留下一段凄美的爱情故事和几座闻名于世的古建筑。

我们一早从斋浦尔出发，到达阿格拉入住后已是下午。正如导游所说，此行程安排的酒店和饮食，一家比一家好。我们发现，在印度也不是所有的地方都脏，比如景点和酒店里的环境卫生都比较讲究，服务人员的举止修养都很文明。

酒店室外游泳池

进入“世界七大奇迹”之一的泰姬陵，需要安检，其认真程度绝不亚于机场安检。

泰姬陵全称泰吉·玛哈尔陵，位于阿格拉城郊亚穆纳河南岸，是莫卧儿王朝第五代皇帝沙贾汗为其妃泰吉·玛哈尔（即阿姬曼·芭奴）修建的陵墓。它被后世赞颂为经典之作，人称“大理石上的诗”。

整个陵园呈长方形，东西长576米，南北宽293米，占地面积17万平方米，四周是红砂石围墙。陵墓的主要建筑是基座、寝宫和四座尖塔。

基座是每边长95米的正方形，高约7米。寝宫居中，总高度为74米，上部为一高

泰姬陵入口

泰姬陵

耸饱满的穹顶，下部为八角形陵壁。寝宫四壁各有一座拱门，4扇高大的拱门门框上用黑色大理石镶嵌着《古兰经》的经文，还点缀着许多五颜六色的宝石。寝宫内共有5间墓室。墙壁上，珠宝镶成的繁花佳卉，构思精细，巧夺天工。在中间的墓室里有一道雕花大理石围栏，里面安放着泰姬和沙贾汗的大理石石棺，两具石棺上布满了各式各样的彩色宝石和浮雕。

泰姬陵基座的4个角上各有一座40米高的3层尖塔，为防止倾倒后压坏陵体，塔身均稍外倾。陵墓东西两侧屹立着两座形式完全相同的清真寺翼殿，都用红砂石砌成，以白色大理石碎块点缀。

陵园大门与陵墓由两条宽阔笔直的用红石铺成的甬道相连接，左右两边对称，布局工整。在甬道两边是人行道，中间修建了一个“十”字形喷泉水池。在泰姬陵的前面形成一条清澈水道，水道两旁种有果树和柏树，据说分别象征生命和死亡。

正如中国人常说的那句话：“不登长城，等于没来北京。”印度人说：“不到泰姬陵，就等于没来过印度。”泰姬陵是印度古老文明的象征。

传说，沙贾汗的宠妃阿姬曼·芭奴是一位具有波斯血统的绝世美女，性情温柔，擅诗琴书画。她21岁时与当时的三王子库拉姆结婚。婚后她与库拉姆同甘共苦，形影相随，足迹遍布疆场。1628年，库拉姆经过一场血战后继承王位，给自己取名沙贾汗，意为“世界之王”。阿姬曼·芭奴也因此得到宫中最高头衔——泰吉·玛哈尔（意为“宫廷的皇冠”），却不料红颜薄命。1631年，阿姬曼·芭奴在跟随沙贾汗南征时，因难产而死，年仅39岁。在她婚后18年里，共为沙贾汗生下14个子女，存活的只有4男3女。

在阿姬曼·芭奴弥留之际，沙贾汗问爱妃还有什么要求。聪明的泰吉·玛哈尔担心沙贾汗另娶新欢，便留下遗言，要求沙贾汗为她建造一座最好的陵墓，终身不再娶，并抚养好他们的孩子。泰吉·玛哈尔的死令沙贾汗伤心欲绝，一夜白头。他发誓为泰吉·玛哈尔建造一座像她一样美丽的、举世无双的巨大陵墓，以表达他对宠妃的思念之情。同时，他下令宫廷为泰吉·玛哈尔致哀两年，禁止一切娱乐活动。

沙贾汗倾举国之力，请土耳其建筑师乌斯塔德·拉荷里，绘制了该陵墓的全部设计草图。从1631年开始，历时22年，每天动用2万役工，还聘请了波斯、土耳其、巴格达等国家的建筑师、镶嵌师、书法师、雕刻师、泥瓦工；用1000多头大象，翻越草原丛林，成群结队地从遥远的东方和西方运送各种石料；以本国的大理石为主要建筑材料，并镶嵌中国的玉石、水晶、绿宝石，巴格达和也门的玛瑙，斯里兰卡的彩色宝石，阿拉伯的珊瑚等28种石料，几乎是耗竭了国库，营建出这座晶莹剔透的泰姬陵。

从不同摄影家的图片中，我们可以看到，随着季节、时间的变化，泰姬陵会变换出不同的色调。清晨，泰姬陵呈现出粉红，如花绽放；正午，泰姬陵呈现出纯白色，晶莹耀眼；夜晚，泰姬陵呈现出灰蓝色，柔似湖水。

我们换上鞋套，轻轻绕过陵墓外的平台，凝视这一奇迹般的爱情寄托，惊叹设计者非凡的建筑才思。主建筑及4座祈祷塔竖立在10米高的白色的大理石平台上，墓室每一面都有33米高的拱门，《古兰经》镶嵌在门廊的边框。陵墓的中央覆盖着一个硕大的穹顶。

泰姬陵精致的墓室大门

通过墓室精致的白色大门，进入陵墓内室，参观者人满为患，拥挤不堪。但无论是外国游客还是当地人都驻足停留，仔细观看，谁也不肯轻易离开。

导游告诉我们，修造陵墓时，在主体下方挖了18个井，每个井都以一层石头、一层柚木的方式，把地基夯筑得层层叠起，以减低地震对主体建筑的损害。陵墓内部的光线只靠室外透入的阳光，在陵墓正中的雕花石屏内，可看到两副空石棺。泰吉·玛哈尔的石棺居中，沙贾汗的石棺则在一旁。真正的石棺是在地下，其位置摆放与我们直接看到的一模一样。据说，这是沙贾汗为了防止有人在石棺的上面走动，惊扰了地下的爱妃。

泰姬陵修筑完毕后，沙贾汗有意为自己建一座以纯黑大理石为材料、结构相同的陵墓，与之遥遥相对。然而，他的儿子奥朗则布于沙贾汗晚年篡位夺权，并将他囚禁于阿格拉堡。7年后，沙贾汗抑郁而终，葬于泰姬陵内他的爱妃泰吉·玛哈尔身旁。

印度“诗圣”——泰戈尔

印度著名诗人、哲学家和印度民族主义者，诺贝尔文学奖获得者——拉宾德拉纳特·泰戈尔曾赞美泰姬陵是“时间面颊上的一滴泪”。在世人眼中，泰姬陵就是印度的代名词。

不知伟大的泰戈尔是因建筑的伟大而有感而发，还是因自己的爱情经历而心有同感。我身边的本溪诗人孙承马上来了兴致。每次与孙承同行，只要有诗人的信息，他就很兴奋。泰戈尔的诗篇、泰戈尔的故事，孙承都烂熟于胸。

泰戈尔（1861—1941），13岁即能创作长诗和颂歌体诗。1878年赴英国留学，1880年回国专门从事文学活动。1884—1911年担任梵社秘书，1921年在桑蒂尼盖登创办国际大学。1941年写作控诉英国殖民统治和相信祖国必将获得独立解放的著名遗言《文明的危机》。泰戈尔是具有巨大世界影响的作家。他一生共写了50多部诗集，被称为印度“诗圣”。

他的作品早在1915年就被介绍到中国，最初是陈独秀翻译的四首五言古体译文《赞歌》，选自《吉檀迦利》；之后是刘半农的白话译文，四首选自《新月集》；而第一部中文诗集则是西蒂译的《飞鸟集》。此后各种翻译、介绍和评述泰戈尔的作品不断出现，尤其是在1924年泰戈尔访问中国前后。自从《飞鸟集》出版后，中国诗坛上一种表现随感的短诗就流行了起来，如冰心的《繁星》《春水》等。其中许多带有哲理、晶莹清丽的小诗赢得了不少人的喜爱，几乎影响了一代中国诗界。

这样一位伟大的世界级诗人，有着深深的中国情结。

泰戈尔一贯强调中印两国人民团结友好合作的必要性。1881年，他写了《死亡的贸易》一文，谴责英国向中国倾销鸦片、毒害中国人民的罪行。1916年，他在日本发表谈话，抨击日本军国主义侵略中国的行动。1924年，泰戈尔应梁启超、蔡元培之邀访华，“泰戈尔热”进入高潮；他在徐志摩家乡访问，“观者如堵，各校学生数百名齐奏歌乐，群向行礼，颇极一时之盛”；他与梁启超、沈钧儒、梅兰芳、梁漱溟、齐白石等各界名流也有会面。1924年，他访问中国，回国发表了《在中国的谈话》；1937年，日本帝国主义发动侵华战争以后，他屡次发表公开信、谈话和诗篇，斥责日本帝国主义，同情和支持中国人民抗击日本侵略者的正义斗争。

泰戈尔还擅长作曲和绘画，所做歌曲《人们的意志》，1950年被定为印度国歌。

得不到的才是最美好的，失去的才是最刻骨铭心的。泰戈尔深深地爱着一位叫安娜的姑娘。

安娜是泰戈尔17岁那年，去英国留学之前的英语老师。安娜被这位英俊少年的天才诗句所吸引，芳心暗许。然而，泰戈尔就要起程去英国深造，并没有勇气承载这份初恋。

他在一首诗中写道：“我渴望静默地坐在你的身旁，我不敢，怕我的心会跳到我的唇上。因此我轻松地说东道西，把我的心藏在语言的后面。我粗暴地对待我的痛苦，因为我怕你会这样做。我渴望从你身边走开，我不敢，怕你看出我的懦怯。因此我随随便便地昂着头走到你的面前。从你眼里频频掷来的刺激，使我的痛苦永远新鲜。”

两个月之后，泰戈尔踏上了赴英的旅程。两年后归国，已物是人非。安娜被迫嫁给了一个比她大20多岁的男人。没有爱情，她只是生育工具。安娜整日忧郁感伤，不到一年就郁郁而终。死前她曾写信给泰戈尔的兄长，提到她和泰戈尔相处的美好时光。

“旧时天气旧时衣，唯有情怀，不似旧家时。”闻知死讯，泰戈尔流着泪写道：“世界的万物消失不见了，你却完全重生在我的忧愁里。我觉得我的生命完成了，男人与女人对于我永远成了一体。”

一个飘然而去，留下痛苦让另一个独自承受。

泰戈尔说泰姬陵是“时间面颊上的一滴眼泪”，如此凄美的比喻，我以为，他必然与几百年前的那对情侣有着同样的内心体验。

防御城堡变成思念爱妃的牢笼

阿格拉古堡与泰姬陵隔河相望，位于亚穆纳河对岸的小山丘上，距泰姬陵约15千米，全部采用红砂岩建造而成，故又称红堡，与首都新德里的红堡齐名。这座方圆1.5平方千米的宫堡，外形非常雄伟壮观，城内的宫殿虽经历漫长岁月多已失修，但梁柱和墙壁上精巧的雕刻与设计仍保存着昔日的富丽堂皇。

隔河相望的阿格拉古堡与泰姬陵

清晨的古城，大多数店铺依然关闭着，路上不见了昨日的拥挤，空气中的尘土不多。6点多，古城堡城门就开了。外国游客游览票价为300印度卢比，印度人只收20印度卢比，但这也比泰姬陵差价小多了。参观泰姬陵，外国人的游览门票是750印度卢比，当地人只收20印度卢比。谁让你不是印度人呢！虽然差价如此悬殊，但能亲眼看到“世界七大奇迹”之一的泰姬陵，花多少钱也值！

我们或许是第一批到访的游客，7点半就来到了古堡。

阿格拉古堡有护城河、护城桥和城门，显然，这座古堡首先是为防御外敌而建造的军事设施。城墙周长约2.5千米，高21米，拱门高42米，宽21.3米。这座古堡是莫卧儿王朝的第三代国王阿克巴千大帝于1565年建造的，后来由历代君王陆续扩建，遂变成了王宫。由于是历代君王不同时期的设计，所以呈现风格也有所不同，这就是阿格拉古堡最具特色的地方。

站在两城门之中的瓮城，仰望巍峨高耸的古堡，我们感到一种震撼。瓮城好像

阿格拉古堡

阿格拉古堡瓮城

一口巨大的枯井，被阳光照耀的地方血红耀眼，背阴处则令人感到阴森诡秘。因为没有别的游客，四周静悄悄的，几只可爱灵巧的小猴子在城堡的高墙上蹦来跳去，不时坐下来好奇地看看我们这几位早来的访客。更有大胆的猴子直接跑到我们面前，好似城中的使者，热情地迎接我们进入第二道城门。

回身眺望，城堡的颜色瞬间变得如此沉重，黑色的斑驳好像刚刚经过战火的硝烟，无声地诉说着曾经发生的沧桑。通过易守难攻的高墙过道，我们来到第三道城门，眼前豁然开朗。

进入我们视线的阿格拉古堡，不仅规模宏大，而且到处建有精美奢华的宫殿、长廊。正前方可以看见红色的砂岩内墙，露出3个醒目精巧的白色圆顶。这座大理石

瓮城碉楼

斑驳的城墙见证了岁月的沧桑

古堡议政大厅

议政大厅一角

大理石廊柱上镶嵌着珍贵的宝石

建筑就是莫迪寺，也被称为珍珠清真寺，建造于沙贾汗时代，是用于宫廷成员祈祷的地方，目前并没有对外开放。右侧有白色的公众厅和红色的贾季汗宫。

导游带我们首先来到大理石结构的公众厅，这是昔日帝王倾听臣民谏言的地方，又被称为议政大厅。镶嵌着孔雀的宝座位于中央高台上，是沙贾汗时代的作品。站在国王宝座的下方，我们体会着当时觐见帝王的情景。再往里走，进入私人厅，这里是昔日帝王接见高官、外国使节的地方，也是沙贾汗时代所建造，其内有2个房间和3道拱门，很具特色。

穿过几道厅门，我们绕到贾季汗宫，这是莫卧儿王朝第四代君王贾季汗所兴建的，是阿格拉城堡内最大的私人住所，采用红色砂岩结构。宫殿样式原本融合印度和波斯建筑特色，后来被沙贾汗改成莫卧儿风格。墙壁上镶嵌了白色大理石图案。整个贾季汗宫的各个宫殿具有不同的风格特点，非常容易区别。

穿过长方形的庭院，白色廊柱前低矮的红色栏杆，衬以绿色的草坪，把院落装点得素雅清丽，据说，这里曾是宫廷仕女们的集市。

位于东侧的一座建有八角塔的宫殿，就是帝王沙贾汗晚年被儿子囚禁在阿格拉城堡时，远眺泰姬陵思慕爱妻的地方。这座宫殿被称为瑟希马哈勒，是沙贾汗为另一位王妃所建造的宫殿。这座建筑极其豪华，精雕细琢的白色大理石廊柱，镶嵌着珍贵的彩色宝石。门楣处的大理石呈半透明状，镂空的大理石窗子也因雕刻图案深浅的不同，呈现出不同的透光度，洒下满地的斑斓。当时的沙贾汗绝对不会想象到，晚年的自己竟会被自己的亲生儿子奥朗则布弑兄篡位后软禁于此，在一个妃子的宫殿里思念另一个爱妃。

国王每天在这里思念爱妃

在宽敞的露天阳台上，有一黑一白两座雕有精美图案的大理石凳，靠外侧城墙边上是黑色的，对面靠院子一侧是白色的，坐在这里可以远眺河对岸的泰姬陵。也许这两座相对的石凳，就是当年沙贾汗产生在泰姬陵对面建造一座黑色的大理石陵

国王沙贾汗被囚禁的宫殿

国王钓鱼池

精美细致的雕刻遍布每一寸红色岩石

整座宫殿融合了印度及中亚特色

墓的灵感来源吧。

至于儿子为什么篡位，有传说是泰姬死后，多情的沙贾汗不语不食，整天默默流泪，每隔7天，便披上白衣到泰姬陵献花，几乎一个月不问政事。1658年，沙贾汗病重，他的儿子们为了争夺王位而相互争斗，打得不可开交，最后第三个儿子奥朗则布获得胜利。

奥朗则布不但把长兄杀死，二兄赶走，又把小弟监禁，连老父亲沙贾汗也被禁闭在阿格拉的古堡中，自己赶赴位于德里的新王宫登基。

在瑟希马哈勒的隔壁，就是沙贾汗为自己建造的私人宫殿——哈斯马哈勒。这所白色大理石建筑，里面雕梁画栋，墙壁图案上镶嵌着各种彩色的宝石。

位于私人厅的对面有一个大厅，中间有一个连接水道的多棱圆形水池。导游告诉我们，这里曾经作为养鱼池，供国王钓鱼，历史上也叫它马基神庙。据说，马基神庙也是用于存储装饰品和宝石的国库。这是分层的结构，还建造了一个四周宽敞的庭院，国王可以俯瞰庭院里的风景。

私人厅旁边，有一座隐蔽的纳金清真寺，是沙贾汗与他的王宫女眷们祈祷的地方。

第四代帝王贾季汗和他的嫔妃们居住的宫殿，全部由红色砂岩建造，精美细致的雕刻遍布每一寸岩石的表面。整座宫殿融合了印度及中亚特色，既有印度教的莲花雕饰，又有伊斯兰教的几何图形，还融入了犹太教的大卫星花纹，呈现出多元化的建筑风格。

出了贾季汗宫，宽阔的草坪中间有一巨大的米黄色石雕浴缸，左侧刻有台阶，我们团友5人还抱不过来这座石缸呢！

石雕浴缸

阿格拉古堡建筑是印度伊斯兰教艺术顶峰时期的代表作。古堡内的建筑物曾多达500多座，但保留至今者已经很少。1983年，阿格拉古城堡被列入世界遗产名录。

德里的旧貌与新颜

印度首都德里，为印度第三大城市，城区又可分历史悠久的旧城区及新规划的新城区。旧城区目前仍保留着许多重要古迹，新城区则是印度现代化的象征。“德里”一词来自波斯文，意为“门槛”，或者“山岗”“流沙”等。

新德里位于印度西北部亚穆纳河河畔，1911年英国殖民统治者驻印度总督将首都从加尔各答迁回德里，在旧城以南3千米处兴建新德里。1931年起，新德里开始成为首府；1947年印度独立后宣布为首都，成为全国的政治、经济和文化中心。

德里是一座古老传统和现代文明融合的城市。老德里如一面历史镜子，展现了印度的古代文明；新德里则是一座里程碑，让人们看到了印度前进的步伐。老德里历史悠久，始建都于公元前约1400年。公元前1世纪，印度王公拉贾·迪里重建此城，德里由此得名。

新德里以姆拉斯广场为中心，城市街道成辐射状，伸向四面八方。宏伟的建筑群大多集中于市中心。政府主要机构集中在市区，从总统府到印度门之间绵延几千米的宽阔大道两旁，建筑现代、整洁。白色、黄色和绿色的别墅，错落有致地掩映在浓密的植被之中。

我们首先来到德里旧城的贾玛清真寺。这是印度最大的清真寺，有金顶寺庙，

德里旧城的贾玛清真寺

信徒众多，紧邻德里红堡和旧市街，建筑十分壮观。进入寺庙要求脱鞋，每个外国女性都要罩上一件拖地的花袍，如果不穿便会遭到拒绝入内。

贾玛清真寺是伊斯兰教的寺庙，伊斯兰教的发源地在阿拉伯，后来传入印度，成为印度的主要宗教之一。“贾玛”的意思是“大”，目前贾玛清真寺也是世界上最大的清真寺之一。贾玛清真寺建于沙贾汗帝王时代的1650年，5000多名工人前后建了6年时间，耗资100万印度卢比。这座清真寺高大而庄严，建筑在一座岩石高台上，距离地面大约9米，远远望去，两座尖塔与白色的伊斯兰圆顶在阳光下闪耀着光芒。用红色砂岩和白色大理石交错砌成的宣礼塔，内部有130级台阶，游人可登上塔顶，观看旧德里的闹市景观。

贾玛清真寺可谓建筑学中的奇迹。整个建筑完全没有使用木料，地面、顶棚和墙壁都使用精磨细雕的大理石，以铅水灌缝，坚固而不可摧。寺院所用的石料选材极为严格，颜色搭配极为讲究，在通体洁白的大理石之中，又杂以黑色大理石条纹，黑白相间，优美醒目。地面到大门的30多级宽阔平坦的石阶，以红砂岩打造，整个寺庙长75.5米，宽24米，面积达1170平方米。清真寺共有3座宏伟气派的大门，其中东门为帝王专用。寺庙周围以红色砂岩筑墙，更显宏伟。

寺内正殿坐西向东，正中有一块洁白的大理石板，上面用黑色大理石镶嵌着“麦加”（伊斯兰教的圣地，在沙特阿拉伯境内）两字，黑白分明，分外肃穆。德里曾是穆斯林聚居的城市，1947年印巴分治后，大批穆斯林迁往巴基斯坦，但在德里还拥有大批穆斯林，贾玛清真寺是他们做礼拜的场所，每天大批穆斯林来到这里念诵《古兰经》。

英国人修建的新德里

我们观赏了象征着印度且与阿格拉红堡齐名的德里红堡。

据说，这座城堡完全仿照著名的阿格拉红堡设计建造，历时10年。基本布局和阿格拉红堡差不多，只是沙贾汗怎么也不会想到，修造王宫的是他，而篡位迁都至此的却是他的三儿子。

德里红堡，坐落在旧德里城东北部、亚穆纳河的西岸。正如它的名字那样，整座城堡的外墙都是用红砂岩所建，城墙高耸，气势非凡。我们看到城堡入口处有荷枪实弹的军人把守。

红堡有两座大门，一座叫“德里门”；另一座叫“拉合尔门”（在第二次迁都前，拉合尔曾是巴基斯坦的临时首都）。拉合尔门高12.05米，门上建有八角形尖顶雕楼。

德里红堡

1947年，印度首任总理尼赫鲁在红堡城头正式宣告印度独立，此后每年8月15日，印度总理都要在红堡主持盛大的独立日庆典。

历史总是这么无情，极具嘲讽意味。阿格拉和德里两处红堡见证了莫卧儿帝国从鼎盛到灭亡的200年岁月，最终也沦为英军的总部。修造了德里红堡的沙贾汗帝王，却在迁都的前夕，被他的亲生儿子囚禁在了阿格拉古堡。

沙贾汗这位曾英勇征战的帝王，以痴情和建筑上的辉煌青史留名。或许这正是他的聪明之处，再伟大的帝国在整个人类历史的长河中，也只是过眼云烟。但这些伟大的建筑，却刻录了最永恒的记忆，为今天的印度，也为整个人类留下了无价的文化遗产。

中午，我们在印度人开的一家中国餐厅吃饭。餐厅的面积不算大，分为一层和地下两部分。餐厅内装修很典雅，墙壁上和楼道里挂着几幅抽象派画作。除两个中国团游客外，其他食客都是穿着比较讲究的中老年印度人。

有意思的是，这里的中国餐经过了特殊的改造，所有的菜品里都加了黏稠的水淀粉，分不出炒菜和炖菜，只有一盆鸡蛋汤还算保留了中国味，但总体来说口感还不错。虽说只有6菜1汤，但不够吃还可以随便添加。这里的热水免费供应，只要你把空水杯摆在餐桌上，就有工作人员主动为你把水杯灌满。

因为刚到印度我就病了，所以在印度五六天的时间里，几乎没敢吃咖喱口味的食品。尽管印度食品看起来诱人，闻起来也很美味，什么郭杜里鸡、羊肉汁拌饭等印度美食，我甚至连尝都没敢尝，倒是印度烤饼非常对我的胃口。

今天可没有酒店让我们午休了，30多摄氏度的气温，我们并不觉得很热。导游把我们带到了新德里的心脏地区。

与旧德里的喧嚣和杂乱截然不同，新德里笔直的大道令我们如同来到了法国巴黎的香榭丽舍大道。1911年，英国占领印度后，将首都重新迁到了德里。从这年开始，英国建筑家鲁琴斯爵士设计并主持修建新德里。鲁琴斯本人设计出了兼具新古典主义的稳重性和零星的印度地方色彩风格的建筑。1931年，仪态庄严的新德里正式建成，作为英国在此的新行政中心被启用。

德里门是一座凯旋门式的建筑，全部采用红砂岩材料砌成，亦称“印度门”“印

德里门

乔治五世的雕像从此处移到了别处

度战士纪念碑”，为纪念第一次世界大战期间牺牲的印度和英国士兵而修建，竣工于1931年。拱门高42米，宽21.3米，总高度48.7米。在德里门的最高处，是一个直径3.5米的圆石盆，这是一盏硕大的油灯，每逢重大节日，点燃的火把昼夜不熄。拱门门洞宽约9米，两侧墙上镌刻着在第一次世界大战中牺牲的7万印度人和英国人的名字。3根悬挂着印度陆、海、空三军军旗的旗杆，矗立在拱门的东侧。

无名战士碑坐落在德里门下面，用黑色大理石做成。上面立的是一支步枪的模型，而步枪上面顶着一个战士的头盔，表示对士兵的纪念。在碑的四面有金色的字——不朽的士兵。不远处有一座米色的亭子，1947年印度独立后，人们把里面的乔治五世雕像移到了别处。

印度门前一条笔直宽阔的“国家大道”直通印度的总统府。

总统府是一座气势雄伟的宫殿式建筑，坐西向东，采用红砂岩建造，半球圆顶明显反映出莫卧儿王朝的遗风。它建于1929年，原名维多利亚宫，印度独立后，改名为总统府。这里地势较高，是新德里的中心。总统府内有一处十分有名的花园，是仿照莫卧儿王朝时代的花园格调而建，故名“莫卧儿花园”。花园分为形态各异的方园、长园和圆园，种有成千上万种名花异草，每年开放期间，来此观赏的人络绎不绝。

据说，光照料总统府内的340个房间和这个巨大花园的工作人员就有400多人，

印度总统府

印度国会大厦

其中50个小男孩的日常工作就是把飞来的小鸟赶走。

国会大厦位于总统府的东北面，外观采用圆盘形状，主体四周为白色大理石圆柱，其建筑风格融合了印度传统风格与维多利亚时期的特点。内部墙上是一幅幅记载印度历史的壁画，充满了庄严神圣的气氛。

印度的锡克教人

中巴经过印度空军总部大院门口时，我们看到许多身着蓝色军服的军人，其中有戴军帽的，也有不戴军帽却包着深色头巾的。我奇怪，印度的军人还有这种打扮？

导游告诉我，戴这种头巾的是锡克教信徒。锡克族是印度信仰锡克教的旁遮普人，他们身材高大，长相英俊，有高高的鼻梁和浅色的皮肤。而包头、蓄须、魁梧的身材，是锡克族男子的典型标志。由于印度政府充分尊重锡克教徒包头的习惯，因此，锡克教男人骑摩托车可以不戴头盔，参军也不用戴制式军帽，只要在包头布上别上军徽就行。

锡克人的包头非常讲究

的确，那几位军人都很英俊，算得上是印度的美男子。他们的包头与其他印度人不同，非常讲究和漂亮。

不少讲究的锡克人，往往将包头布与身上的服饰协调搭配，穿什么服装，包什么头巾，都很有说头。锡克教教规禁止教民吸烟；提倡一夫一妻制；不崇拜偶像；教民必须蓄长发、戴发梳、佩短剑、戴手镯、穿短裤、着长衫，并且随时准备战斗。

锡克教信徒占印度总人口的2%。他们自尊心强，倔强高傲，不苟言笑，缺少幽默感，有尚武传统，作战骁勇，勤劳正直。历史上，锡克教为了对抗莫卧儿王朝的压迫，逐渐发展成为一个带有军事化色彩的组织。此后在英国统治印度时期，锡克教徒就占军队人数的1/4。现在，印度军队中仍有15%的士兵为锡克教徒。

锡克人对旁门左道、偷骗撒谎等绝对看不过眼。如果在印度有外国游客被人纠缠，站出来路见不平、拔刀相助的往往是锡克人。在印度的乞丐中流传着一种说法：要饭是神赋予穷人的权利，同其他工作一样，没有高低贵贱之分。但锡克教徒里没有乞丐，他们不仅自己不从事“乞丐行业”，也从不向乞丐施舍，认为乞丐是依附在社会躯体上的毒瘤，应该铲除。所以，乞丐们都害怕锡克人，从不向他们伸手要钱。

锡克人非常团结，维护教徒之间的利益，不允许看见教友落魄而不闻不问。如果一条街有10家商店，其中1家是锡克人开的，尽管这家店小、货品不全，但附近的锡克人还是只去这家店买东西。他们宁愿被人议论为保守、狭隘，也不愿“肥水流入外人田”。

导游说：“锡克教的人都比较重视受教育，而且生意也做得比较好，家境也比较好。锡克教信徒很讲信义，如果交朋友，锡克人肯定不会欺骗你的。”听罢导游的介绍，我心中也对锡克人充满了好感。

穿法烦琐的纱丽

此行一路上看到的尼泊尔女人、印度女人，无论在城市还是在农村，都是绚丽、多姿的一道风景。我好奇她们裹在身上的纱丽为什么不会掉下来，终于，在当天晚上我们住宿的酒店商场里找到了答案。

老板非常幽默，为我试佩各色头巾。见我砍价太狠，他便找出一把大剪刀，着实把我吓了一跳。但他并没有冲我来，而是把剪刀对准自己的腹部虚晃一枪，做牺牲状。最后，我们谈妥把原价700印度卢比一条的头巾，以400印度卢比成交。我们3个人买下5条，老板非常高兴。

看我对纱丽感兴趣，老板主动拿出一份资料介绍，并帮我仔细演示一番。

印度妇女传统服饰——纱丽，是指一块长达3米以上的布料，穿着时以扎、围、绑、裹、缠、披等各种技巧披裹缠绕在身上，使得纱丽产生不同的变化。纱丽穿着方式变化繁多，不同的种族、区域、信仰，就会有许多不同的色彩、质地和穿裹方式的纱丽。

一般来讲，印度妇女穿着纱丽时，上衣是一件短袖露肚脐的紧身衣，下身是一条及地的直筒衬裙。纱丽最基本的穿着方式，可以分为以下几个步骤：首先拉住纱丽左边一端，塞进右侧的衬裙裙头；将纱丽由右至左环绕下围，约三四圈；接着用纱丽在右前方折成四折并塞入衬裙裙头；然后将剩余布料，由左后方绕过右边腋下，披向左边肩膀上；最后直接将纱丽披在肩上或戴在头上。

原来纱丽的穿法竟是如此的烦琐。在老板和孙承的忽悠下，我也收获了一条从1200印度卢比砍到800印度卢比的纱丽。

大同教的莲花庙

莲花庙位于德里的东南部，又名灵曦堂。这是一座风格别致的建筑，既不同于印度教的庙宇，也不同于伊斯兰教清真寺，甚至同印度其他比较大的教派的庙也无一点相像。

莲花庙并没有久远的历史，可以说是一座新庙，它建成于1986年。莲花庙的建造来自一个善意但不切实际的创意——世界大同，是崇尚人类同源、世界同一的大同教或称巴哈伊信仰的教庙。

大同教友崇拜神，不崇拜偶像，不需教士，也无复杂的祭祀仪式。它的教义目的是融合各种族、国家和宗教，信奉宗教的统一和人类的统一，并组成一个人类的大家庭，建立持久的世界和平，扫除各种迷信和偏见，强调科学的作用等。大同教创立于1844年，经过100多年的发展，大同教影响已遍及世界各地，现有教徒1000多万人。大同教创立30年后传入印度，到20世纪90年代，在印度有3万多名教徒。

莲花庙的设计很像澳大利亚的悉尼歌剧院，白色是主色调，外层用白色大理石贴面。莲花的每层有9个花瓣，外围有9个圆形水池。莲花庙的外貌酷似一朵盛开的莲花，故称“莲花庙”，该庙堪称建筑杰作。

大同教徒在世界7个国家建有大型的教庙，但形状又不尽相同，都是根据该国的特色而定。德里莲花庙的形状之所以采自莲花，与印度的历史有一定关系。莲花在印度教和佛教中被奉为神物，在当代印度人心目中又贵为国花，所以这座庙宇一建成就备受印度人的喜爱。莲花还代表着印度教、佛教、耆那教和伊斯兰教的同一，不论是哪个宗教的信徒都可以来这里祈祷和沉思。在莲花庙，每种宗教都是平等的。

巨大的莲花建筑高34.27米，底座直径74米，由3层27个花瓣组成，全部采用白色大理石建造。底座边上有9个连环的清水池，托着这巨大的“莲花”。莲花庙的内部设置十分简洁，只是一个高大空阔的可以容纳1300人的圣殿，既无神像，也无雕刻、壁画等装饰性物件。唯有光滑的地板上安放着一排排白色大理石长椅。白色是该庙最主要的色调。进庙的教徒以及参观的人也不需进行什么特殊的仪式，只要脱鞋进殿，走到大理石椅上就座，保持静默即可，或者坐下来祷告一番，或者绕行一圈便走出去，都可以。

值得一提的是，莲花庙里居然有中文介绍材料，游客可以随意索取，这在印度是极为少见的现象。中文的材料给这座圣殿起了个很好听的名字——巴哈伊灵曦堂。但这个外国名字中国人很难记住，还不如莲花庙好记。

新德里莲花庙公园里和一家印度人合影

在莲花庙外的平台上可以俯瞰周围的办公大楼、会议厅、图书馆及视听中心，院中还有大片青青草坪，其间点缀着盛开的百花，飘逸的纱丽。我们正陶醉其中，忽然有几位印度朋友围拢过来。我们听不懂他们的语言，从比比画画的手势中我理解好像是要拍照。我点头答应帮他们拍照，他们却把我拉到中间，与他们一起合影。看到与我们合影的图片后，他们的神情是那样的高兴。果然如大同教教义所说：世界和平，人类一家……

“圣雄”甘地——20世纪的风云人物

离开莲花庙，我们来到位于新德里东郊亚穆纳河畔的甘地陵园。

陵园呈凹形，在陵园正中，坐落一座高约1米、长与宽各约3米的黑色大理石平台，这里是印度国父“圣雄”甘地1948年遇刺后被火化的地点。墓后是盏长明灯，昼夜不熄，象征甘地精神永存。陵墓正面刻有印度文：“嗨！罗摩！”这是甘地遇难倒地时喊出的最后3个字，罗摩是印度史诗《罗摩衍那》里的英雄，被认为是印度教中保护之神毗湿奴的化身。

甘地陵园

墓地四周有高大的围墙，上面有路可供游人俯瞰陵园，并对陵墓主人进行哀悼。其实，这座陵墓内并没有“圣雄”甘地的遗骨。印度人认为，将遗骨撒在恒河里，灵魂才能升上天堂。虽然，人们在德里建了甘地陵供世人祭奠，但陵墓却只能称为衣冠冢。陵墓极其简朴，然而，每逢节假日，都会有无数身着白色民族装的人们从四面八方赶来，深切地悼念这位伟人。

导游说，很多印度人在临终前，都会来到恒河边沐浴和祈祷，直到生命的最后一刻。有些穷人生病到将死时，就躺在河边的台阶上等死。其后，警察会将他们的尸体送到公共火葬场焚烧，然后将骨灰撒入恒河。印度教徒死后是不留坟墓的，恒河便是他们的永栖之地。

出口处有一石碑，刻有摘自甘地1925年所著《年轻的印度》一书中所列的“七大社会罪恶”：搞政治而不讲原则；积累财富而不付出劳动；追求享乐而不关心他人；拥有知识而没有品德；经商而不讲道德；研究科学而不讲人性；膜拜神灵而不做奉献。在甘地火葬台北面，还有印度独立后已故四位总理尼赫鲁、夏斯特里、英迪拉·甘地和拉吉夫·甘地的火葬台。

莫汉达斯·卡拉姆昌德·甘地，1869年出生于西印度波尔班达尔的一个贵族家庭。年轻时留学英国，攻读法律，1891年取得律师资格回国，后应聘前往南非任一家公司的法律顾问。1894年在南非纳塔尔省组织印度侨民投入反对南非当局种族歧视的斗争，首次提出“非暴力抵抗”的口号。第一次世界大战爆发后，甘地再次回到印度，在印度各地周游和了解社情民意，组织“坚持真理运动”。第二次世界大战期间，甘地发动要求英国统治者“撤离印度”的运动，运动遭到残酷镇压。印度独立后，甘地呼吁人民团结一致结束教派流血冲突。

1948年1月30日，印度国大党领袖、民族解放运动著名领导人、“非暴力不合作运动”者——甘地，在德里晚祷时，被印度教极右派分子开枪暗杀，终年79岁。

甘地一生曾创办和主编过4种刊物，主要著述有《印度自治》《甘地自传——我体验真理的故事》等。甘地是印度人民反抗英国统治的精神领袖，他发起和领导了声势浩大的“非暴力不合作运动”，以非暴力方式抵制英国统治和英国商品。手纺车运动便是其中的一项内容，旨在杜绝对英国纺织物的需求。

1947年，印度赢得了独立，但是5个月后甘地就被刺杀身亡。他一生赢得了许许多多人对他的爱戴和忠诚，包括各种宗教信仰的欧洲人，以及不同政治倾向的印度人。

人们这样评价甘地：甘地远不只是一个聪明的律师、优秀的演说家、坚定的人权战士和政治领袖，他还是一个与众不同的政治领袖的典范。他写过一本有关他早年生活的书，书的名字是《甘地自传——我体验真理的故事》。奥秘就体现在这个书名中。他可以无拘束地谈论他的失败和他的困难。他犯了错误时，就主动承认错误。

更可贵的是，他拒绝从他的政治活动中获取任何利益。在他回印度之前，他就决定像穷人那样生活，决不占有财富。他在印度旅行时，坐的是硬座，从不预订座位，而是跟普通百姓在一起。在城市里，他拒绝乘坐人力车。他吃得很简单，从不吃肉。他早晨起得很早，然后坐在纺车旁纺棉线。他认为从领袖到最穷的农民，人人都应该准备干重活。

甘地对于妇女平等的问题给予了极大的重视。他最大的信念也许就在他所说的“真理的力量”这个印度习语中。如果存在一条不公正的法律——在印度和南非的英国统治者曾经通过了许多这种法律，那么，每个人都有责任拒绝服从这条法律，但不采取暴力手段。人们应该为了他们的信念而随时准备进监狱，而不应该拿起武器去战斗。

甘地是以个人之力抗拒专制、拯救民权和个人自由的象征。尽管甘地获得过5次诺贝尔和平奖的提名，但他始终没有获得过这一奖项。多年以后，诺贝尔委员会对此公开表达过他们的遗憾。

爱因斯坦这样评论甘地：“后世的子孙也许很难相信，世上竟然真的活生生出现过这样的人。”他又说，“我认为甘地的观点是我们这个时期所有政治家中最高明的。我们应该朝着他的精神方向努力：不是通过暴力达到我们的目的，而是不同你认为邪恶的势力结盟。”1999年《时代》杂志将甘地评选为“20世纪风云人物”，第一位是爱因斯坦；第二位是罗斯福总统；第三位就是印度的甘地。

认识一种人生

——为丽黎《最美的风景在路上》感言

跋

近年来，我常常生出这样的感慨，虽然我已过了知天命之年，但人生的许多认识才刚刚开始。感受很深的一点便是透彻地认识一个人是多么不容易，即使是亲人，即使是身边的亲人，即使是身边共同生活了几十年的亲人！我对妻子于丽黎的认识就让我有良多感触。

丽黎出生在军人家庭，父母亲都是早年参加八路军的老军人。她的父亲较早就因病离休在干休所生活了，虽然职务不高，但受人尊敬。丽黎也有点儿优越感，因为她是革命军人的后代。丽黎是听着父辈的战斗故事长大的。她16岁当兵，有过22年的激情军旅岁月。我心想，这样的家庭和经历，她的内心一定是非常纯正、非常理想化的。她从军队医疗工作岗位转业到地方时，我就担心，她能否承受不熟悉的、比军营复杂得多的地方工作环境？能否承受工资水平的骤然下降？能否承受由军到民身份的变化？我的担心一个也没有发生。后来她调入中国人口报社工作，先是当编辑，她采写的一些大大小小的报道连连引起关注和好评，屡屡获奖。后来她负责通联工作，年年参与全国发行会议组织工作，奔波各地，紧张忙碌，文章还是照写不误，工作兴奋度始终很高。其实，我看得清楚，她的岗位环境没有一个比得上她在军队医院当军医舒适，而且军医有稳定的发展前景。但她似乎对环境适应没有什么困难，也没有纠结什么级别高低。若干年后，她被评为第二届全国百佳新闻工作者，这是一个很高的荣誉，证明她的转行获得了很大成功。有一天，我看到她厚厚的文集《心心初旅》出版了，里面收入了她写的工作通讯、人物专访、言论，还有散文、小说。她竟然有了那么多文字积累，这让我着实惊讶。惊讶之余，我想起一件往事。多年前，我们楼上的住户搞钢琴家教，两架钢琴弹奏，楼房质量差，楼板不隔音，耳边灌满了琴声，我不胜其烦，常常躲出去思考问题，她却安然于桌前写作。许久，我从外面回来，看到她竟如没有听到琴声一样仍然专心写作，这需要多么平静的心境，而保持这种心境又需要多强大的人生定力啊！我不由得想到她对级别高低，待遇多少，工作和生活环境好坏，以及到医院看病的种种不便，似乎也从不怎么在意，听不到什么抱怨。看了她的书，我渐渐明白了，这种人生定力是她从沉醉的理想世界——旅游经历、异国探秘、拓宽文化视野中获得的。在那里，她有着足以抵御诱惑的心灵去遨游天地。又过若干年，她退休了。退休前，获评副高级职称。以她的工作时间长度、勤奋和取得的成绩，若在军队医疗岗位退休，至少是个专业技术正师级待遇。在地方退休，与当时军队工资水平比，落差不小。但我仍然没有听到她有什么意见，更没有抱怨。有的单位听说她退下来了，赶紧来聘请她兼职，她一再推辞。是啊，退休了，有更多时间了，不是可以更好地掌握自己后半生生命理想的风帆了吗？

丽黎在工作期间曾有机会出国，每次回来总是兴致盎然，讲这讲那。后来，我发现她退休后特别爱看电视上的旅游节目，还常常欣喜地指点介绍着她在国外彼时彼地的见闻。我没出过国门，不大了解她的感受，但我觉得她对各种各样的大自然景色、世界文化采风、各国风土人情等有一种天性般的爱好。跟着看得多了，我对屏幕上的旅游生活也渐渐有了些兴趣，发现了很多过去不大注意的人文内容，就觉得，人确实不能太闭塞了。退休后，她出国更频繁了，当然都是自费。每次出去前，她总要反复阅读要去的国家的有关书刊，回来后不但兴奋于她的所见所闻，还长时间埋头阅读西方文化史书籍，不时向我询问几个问题，又仔细翻看世界地图册，不时上网查找些什么，然后埋头整理她的游记。她是一个不大注重生活细节的人，但对到过的旅游地点的历史背景、文化背景、重要人物事件和许多细节特别用心。又是若干年过去，一天，她面前又有了厚厚一叠待出版的文稿，是她写的近40个国家的游记。我翻阅书中篇章，浏览着那一篇篇凝结了她心力的文字，检视着那一幅幅异域风光照片和照片上的她，看到平日那个有些急性子的她在旅游天地中舒缓惬意的样子，看到平日经常受腰痛、腿痛折磨的她在大自然风光中那般欣喜开心的状态，不由想到，她长空飞行，异国他乡，且不无险情，这样走过一个又一个国家，看过一片又一片山河，赏过一处又一处古迹、景观，会是什么样的感受？什么样的心境？她到底收获了什么？为了获得这些，她又放弃了什么？渐渐地，从她的旅游人生中，我读出了她将自己交给大自然获得的全身心放松和畅怀，读出了她对生活的强烈热爱，读出了她天性中的浪漫。这一次次出游，极大地满足了她对世界的好奇心，让她的浪漫情怀一次次自由飞翔，是她人生理想的实现，更是她人生态度的展现。

我们“50后”这代人从小受的教育是：我们的生命是用来奋斗的，新中国是无数先烈奋斗得来的，奋斗是人生的不朽使命。我们这代人如此熟悉苏联英雄保尔·柯察金的这段名言：“人生最宝贵的是生命，生命属于人只有一次。一个人的生命应当这样度过，当他回忆往事的时候，不会因虚度年华而悔恨，也不会因碌碌无为而羞愧；在临死的时候，他能够说我的整个生命和全部精力，都已献给了世界上最壮丽的事业——为人类的解放而斗争。”这段话曾被我们这一代人奉为人生最高境界。今天，我偶然知道，这段话后面紧接着还有这样一句：“人应该赶紧地、充分地生活，因为意外的疾病或悲惨的事故随时都可以突然结束他的生命！”（李准：《最美丽的垂钓——李准谈电视剧创作及其他》，重庆出版社，2008年，第26页）这让我沉思良久。我以为保尔的话恰恰反映了人性互相联系着的两个方面：人生来有享受幸福生活的权利，但为了更多的人能够享受幸福生活而牺牲自己的幸福，正是人性的崇高。保尔从身处的那种无比艰苦的革命年代说出有如此远大理想的肺腑之言，他这后面的一句，表达了作为一名真正的无产阶级革命家的完整人生观，也是对人生要有更完整生命意义的贴心忠告。我还想到无数革命先烈、志士先贤抛家舍业干革命、吃苦受难、奉献牺牲，不正是与为最大多数人获得幸福生活的目标相联系的吗？他们因此值得后人敬仰，我们也就更应该珍惜美好的今天！我有时议论起自己的际遇，不无懊丧处，丽黎就对我说：“你作为教师，凭着自己的努力得到现在的待遇和人际评价，生活对你是公正的。”近年来，我有时为疾病加身而消沉，耳边又响起丽黎常说的一句话：“生命是一个过程，要珍惜每一天的生活质量！”她自己也以这样的心态待己待人，在工作岗位就踏实工作，退休了就好好享受退休生活，决不为过往的事患得患失。突然，我从她的旅游人生有悟：从大自然的无限浩瀚来看人，人显得渺小、短促；从人对大自然的征服过程来看，人显得那般伟大、有力量；从人能够将大自然作为欣赏客体来看，人是真正的宇宙精灵，这或许就是旅游能够带给人的一种超越的人生观：人，不管以什么方式活在世界上，能够活在自己热爱的生活里，有幸福感地活着，就不算白活。生活的乐趣就将是无限的。

今天，国家大力提倡以人为本，关爱人生，正是对人的生命尊严和生命质量的尊重，对作为个体的人追求幸福权利的尊重！这是一个时代的福音！丽黎如此热爱旅游，赶上了好时代。她不就是在以旅游这种方式在有限的生命里追求无限的生命之光吗？这种追求让她收获的是有限人生的扩大和快乐，对文化天空的陶醉和迷恋，对未知世界的多种兴味探索，对浩渺星空的自由想象，同时也就能轻而易举地抛弃生活的许多烦恼和对世俗细节的纠结。丽黎问我，这本书的书名叫什么好？我就想到，既然她的第一部文集《心心初旅》，无论是对工作的经验总结，还是各种生活感悟，都是以心投入之集成，书名恰如其分，那对这部走出国门、游历五洲、放飞心灵的旅游记行，书名就叫作《心心出旅》吧。（出版社建议改为《最美的风景在路上》）

再过若干年，当我们的双腿走不动路的时候，还会有“旅”吗？有啊！只要我们一天不放弃对生活的热爱，对生命的热爱，答案就是如此肯定。生命尚存，旅行不止，那就是心心之旅。金色的阳光下，我们那不再灵动的躯体，以躺着或坐着或其他什么姿势，支撑着思维的头脑，回眸一生的流金岁月，任心灵驰骋于过去、现在和将来，那该是多么甜美的享受！那将是我们暮年生活中最灿烂的一段心之旅！

边国立

2014年5月